SV
international
SCHWEIZER
VERLAGSHAUS

Philippe Meyer

Die Würze des Lebens Salz

Betrachtungen zur Menschheitsgeschichte
und zur Entwicklung der Medizin

SV INTERNATIONAL
SCHWEIZER VERLAGSHAUS ZÜRICH

Dieses Werk erschien 1982 in der Reihe
«Le temps des sciences» bei Fayard, Paris

Aus dem Französischen «L'homme et le sel»
übersetzt von Maja Kaufmann

Printed in Switzerland
by Druckerei Carl Meyers Söhne AG, CH-8645 Jona
3-7263-6368-8

Inhaltsverzeichnis

Einleitung

Jede biologische Erscheinung bedingt eine ausgeprägte und dauerhafte Anpassung der Lebewesen an ihre Umgebung. Das Überleben jeder Art beruht auf einer möglichst präzisen Wahrnehmung dieser Umgebung, die ihr ermöglicht, einerseits die drohenden Gefahren abzuwehren und andererseits sich die für ihre Entfaltung nötigen Stoffe zu verschaffen.

Das Natrium, das wir hier ganz einfach «Salz» nennen, ist einer der lebensnotwendigen Grundstoffe.

Reichlich ist es im Meer vorhanden, auf den Kontinenten ist es im Laufe der Zeit eher rar geworden.

Die stammesgeschichtlich aus den Wassertieren hervorgegangenen Landlebewesen überlebten nur dank der Ausbildung von wirksamen und gezielten biologischen Mechanismen, die das Salz im Körper zurückhielten; ohne diese Adaption wäre Leben außerhalb

des salzhaltigen Meerwassers undenkbar gewesen.
Der Mensch, eine junge Erscheinung in der Entwicklungsgeschichte, vermochte die Regulierungsmechanismen zu nutzen, die sich in der vorangegangenen tierischen Evolution gebildet hatten. Allerdings genügte dieses kostbare biologische Erbe nicht immer, vor allem in Zeiten ausgeprägten Salzmangels nicht. Die Suche nach Salz wurde so zu einem der ersten Ziele menschlichen Strebens. Wie vieles andere führte auch sie schließlich zum Erfolg und trug entscheidend zu der fast vollständigen Beherrschung unseres Universums bei, ein Phänomen, das in der Geschichte der Lebensvorgänge einmalig ist.
Der reichliche Salzbesitz eröffnete Möglichkeiten wie die Konservierung von Lebensmitteln, Linderung bei gewissen Krankheiten und Stärkung der Widerstandskraft gegen Entzündungen. Er trug wesentlich zum Wohle der Menschen bei; diese begannen jedoch den kostbaren Stoff, den sie entdeckt hatten, allzusehr zu lieben und im Übermaß zu sich zu nehmen: Der biologisch bedingte «Salzhunger» trat bald gegenüber der «Salzgier» in den Hintergrund, und das war ganz und gar nicht immer zuträglich. Es kann sich

als gefährlich erweisen, wenn man sich etwas verschafft, das man nicht wirklich braucht.
Michel Tournier beschrieb die Arbeiter der Salzwerke von Sodom als rote Männer, die mit gereizter Haut und brennenden Augen zu einem Kerkerdasein in den Minengängen verdammt waren, fern vom Sonnenlicht, das sie nicht mehr ertragen konnten. Die Tragödien der Salzbergwerke liegen gar nicht so weit hinter uns, und die Geschichte dieses Gewerbes ist voll menschlicher Leiden.
Außerdem schuf der Salzhandel, der oft in geld- und machtgierigen Händen lag, gewaltige soziale Ungerechtigkeiten und war dann Grund für politische Auflehnung.
Doch das war nicht alles: Die «Salzgier» bedroht auch die menschliche Gesundheit. Einige weise Köpfe erkannten das schon sehr früh. Der chinesische Arzt Huang Ti Nei Ching Su Wen warnte bereits vor 4500 Jahren: «Wenn wir die Nahrung zu stark salzen, wird der Puls hart ... und wenn dann das Herz sehr kräftig schlägt und die einzelnen Schläge deutlich verlängert sind, tritt eine Krankheit auf, die die Zunge zusammenzieht und den Patienten der Sprache beraubt.»
Doch es vergingen fast 5000 Jahre, bis man verstand, daß diese spezielle Krankheit der

Bluthochdruck war, unter dem fast ein Viertel der Bevölkerung in den industrialisierten Ländern leidet.

In diesem Buch wollen wir sowohl die rühmliche Suche nach dem Salz wie auch einige der großen Rückschläge auf diesem Weg beschreiben.

Die Geschichte des Salzes könnte man mit den Klagen des Zauberlehrlings zusammenfassen: «Groß ist die Gefahr ... Die ich rief, die Geister, werd ich nun nicht los.» Doch am Ende ist es dem Menschen gelungen, diese äußerst mißliche Sache, in die er ohne es zu wollen geraten war, zu durchschauen und wieder gutzumachen. Der Aufruhr um das Salz hat sich gelegt. Langsam tritt wieder Ordnung ein, wo vorher Unordnung war. Dieses Buch soll auch ein Zeichen von Vertrauen in das Abenteuer Mensch sein, das immer wieder ein riesiges Wagnis darstellt.

Immer tiefer dringt die Wissenschaft in die Zusammenhänge unseres Universums ein. Die Erforschung der organischen und anorganischen Stoffwelt ist zur Mikro-Analyse geworden, die zu immer kleineren Einheiten vorstößt. In dieser Entwicklung liegt Kraft, doch in gewisser Hinsicht auch eine Beschränkung. Die Entdeckung einer molekularen Störung erlangt eigentlich erst Bedeutung, wenn sie mit der Umgebung verglichen wird. Man muß neben dem fehlerhaften Molekül das normale studieren, das verletzte Gewebe mit dem gesunden vergleichen, jeden Organismus in der Umwelt betrachten, in der er lebt. Einordnungsschritte sind sinnvoll, weil es keine eindeutig definierbare Grenze zwischen dem Lebendigen und dem Anorganischen gibt.

I

Meer und Land

Das Salz hat die Gräser und Kräuter des Festlandes verlassen. Und da es im Wasser leicht löslich ist, folgte es den Rinnsalen des Regens, seit es die Erde gibt: Seit 5 Milliarden Jahren. Nach und nach gelangte es über das Gefälle der Kontinente in die Ozeane, wo es sich ansammelte, denn die Verdunstung erfaßt nur die Wassermoleküle, nicht aber das Salz. Als Folge der Erosion ist das Salz heute ein Stoff, der vor allem in den Meeren vorkommt.

Schmale Küstenstreifen, die Salzwiesen, werden von der Meergischt mit Salz versorgt, doch rasch nimmt der Salzgehalt der Pflanzen ab, sobald man ins Landesinnere vorstößt. Die Pflanzen der einsamen Bergwelt oder der Weiden in der Mitte der Kontinente, die nur von süßem Regenwasser gespeist werden, enthalten so wenig Salz, daß das Leben der pflanzenfressenden Tiere bedroht ist. Neuere Studien haben mit einiger Besorgnis auf diese Probleme hingewiesen, die in noch schwer zugänglichen Gegenden auftreten wie im Pamirgebirge und im Viktoria-Gebirge in Australien.

Die Angst vor dem Salzmangel in Europa ist alt. Seit Jahrhunderten wissen die Bauern, daß sie dem Futter für ihr Vieh Salz beifügen müssen. Das ist in den Bergen wichtiger als in der Ebene, ebenso im kontinentalen Raum nötiger als auf den Inselweiden.

Eine 1850 vom britischen Parlament veranlaßte Untersuchung hob diesen Unterschied deutlich hervor.

Um gute Aufzuchtergebnisse zu erhalten, muß dem Futter einer Kuh in Großbritannien 2 kg Salz beigemischt werden. Um die gleichen Ergebnisse zu erzielen, brauchen Kühe auf dem Festland 12 kg!

Das Salz ist ein Bestandteil der Erde, seit diese besteht; wohl kommt es auf den meisten Landflächen außerhalb der Meere nicht mehr reichlich vor, doch ganz frei von Salz ist auch das Festland nicht. Der mißliche Zustand der Wiesen ist keine zwingende geologische Erscheinung. Auf den Kontinenten sind oft bedeutende Mengen zurückgeblieben, die das Regenwasser nicht ausgewaschen hat. Das trifft zum Beispiel für die Salzvorkommen in den Wüstengegenden zu, die durch die Sonnenhitze erhalten blieben, und vor allem für die Steinsalzadern — die späteren Salinen — die im Erdinneren verlaufen und von den Wettereinflüssen der Oberfläche nicht berührt werden.

Der Ursprung dieses Steinsalzes, das rund um den ganzen Globus vorkommt und sich vom Meersalz deutlich unterscheidet, war lange Zeit ein Rätsel. Zuerst glaubte man, es sei die Folge einer seltsamen Vulkantätigkeit oder geheimnisvoller Luftbewegungen, wie dies im 17. Jahrhundert der britische Physiker Robert Hooke behauptete. Dann erkannte man aber, daß das kontinentale Steinsalz eigentlich ein Geschenk Neptuns war.

Das Solesalz aus oberflächlichen oder aus tiefen Schichten hat tatsächlich dieselbe Herkunft: Es deutet auf frühere Meere hin, die sich allmählich im Laufe der Kontinentenverschiebung zurückgezogen haben oder bei Erwärmung des Klimas ausgetrocknet sind.

Heute weiß man, daß diese Salzminen so reich und unerschöpflich sind, daß sie unbegrenzt ausgebeutet werden können. Allerdings ist diese beruhigende Erkenntnis eher jüngeren Datums.

Nach und nach mußte der Mensch diese meist

unzugänglichen, verborgenen und weit auseinanderliegenden Vorkommen entdecken. Dies gelang ihm erst nach Tausenden von Irrtümern; und die Tiere, die vor den Menschen lebten, fanden eine scheinbar salzlose Umwelt vor.

Diese harte Lebensform nahm vor 300 Millionen Jahren im mittleren Paläozoikum ihren Anfang, als einige Tierarten eine noch unberührte Umwelt eroberten und den Pflanzen auf das Festland folgten. Lebensformen, die bisher ausschließlich auf das Meer beschränkt waren, breiteten sich in der Folge auch auf dem Land aus.

Die Entstehung der landbewohnenden Tierarten

Die ersten Lebewesen traten im Meer auf. Aus ihnen gingen Unterarten hervor, die ersten stammesgeschichtlichen Verästelungen, die während etwa einer Milliarde Jahren im Wasser blieben. Das Leben im Meer war damals das einzig mögliche, denn es schützte die Lebewesen vor der zerstörerischen Raumstrahlung, vor allem vor den Ultraviolett- und den Infrarotstrahlen, die die Erdoberfläche

unablässig bombardierten und keinerlei Leben auf dem Festland zuließen.
Dieser Lebensrahmen wurde vor 400 Millionen Jahren gesprengt, als sich Riesenalgen in großen Mengen ausbreiteten. Diese seltsame Erscheinung, deren Ursache noch heute ungeklärt ist, veränderte unseren Planeten grundsätzlich. Die Meerpflanzen begannen, Sauerstoff abzugeben, ein Gas, das bis dahin auf der Erde offenbar nicht vorhanden gewesen war. Es sammelte sich nach und nach an und veränderte die ursprüngliche Atmosphäre, eine dünne Wolke aus Wasserstoff, Methan und Ammoniak, die die kosmischen Strahlen nicht abschirmen konnte.
Unter dem Einfluß elektrischer Entladungen bei Gewittern entstand aus dem Sauerstoff ein weiteres Gas, das Ozon, das sich in einer Schicht in 30 km Höhe über der Erdoberfläche bildete. Es ist dieses Ozon, dem wir die blaue Farbe unseres Himmels verdanken und das vor allem die kosmischen Strahlen ebenso wirksam abfangen kann wie das Meerwasser. Diese neue Schutzschicht erlaubte, daß die Erdoberfläche warm wurde, sich mit Sauerstoff anreicherte und vom Raum abgeschirmt blieb. Dadurch konnte Leben aus dem Ozean heraustreten.

Die Anpassung an das Leben an der Luft und auf dem Land machte größere Veränderungen nötig. Vor allem mußten die Kiemen durch Lungen ersetzt werden, damit der Sauerstoff in Gasform aufgenommen werden konnte, und die Flossen durch bewegliche Glieder, um eine Fortbewegung auf dem Festland zu ermöglichen. Es war auch unumgänglich — und das knüpft an den eigentlichen Inhalt dieses Buches an —, daß sich funktionstüchtige biologische Mechanismen entwickelten, die das Leben in einer bedeutend salzärmeren Umgebung als dem Meerwasser gewährleisten konnten.

Diese grundsätzlichen Veränderungen, die Voraussetzung für das neue Leben waren, sind bei den Knochenfischen aufgetreten.

Bei einigen Arten blieb die Umwandlung unvollständig, so daß sie weiterhin Wassertiere blieben. Bei anderen war die biologische Veränderung tiefgreifender und erlaubte den Übergang zum Landleben.

Auf die Amphibien folgten reine Landtiere. Sie entwickelten sich schnell und verwandelten sich ihrerseits durch Mutationen oder Zwänge ihrer neuen Umgebung zu neuen Arten, die nach und nach die unzähligen Verzweigungen der Evolution darstellten und in der Erscheinung des Menschen gipfelten, der erst vor 15 oder 16 Millionen Jahren aufgetreten ist. Einer der besten Beweise für die maritime Herkunft der heutigen Landlebewesen ist der hohe Salzgehalt der Gewebeflüssigkeit im Zwischenzellraum, in der die Körperzellen schwimmen. Ihre Zusammensetzung entspricht weitgehend derjenigen des Meerwassers.

Eine so hohe Salzkonzentration im Organismus auf dem Land aufrechtzuerhalten, wo dieses Element nicht vorhanden war, forderte zwangsläufig die Ausbildung von äußerst leistungsfähigen Mechanismen, um das Salz im Körper zurückzuhalten. Ohne diese wäre es undenkbar gewesen, daß diese Tiere den Ozean verlassen und auf der Erde hätten überleben können.

Diese Anpassung war aufgrund von zwei sich ergänzenden Kontrollsystemen möglich: Das eine liegt im Hirn und steuert eine erhöhte Salzaufnahme im Falle von ausgeprägtem Mangel; das andere liegt in den Nieren und beschränkt die Salzabgabe an den Harn, indem es die Salzausscheidung dauernd den Bedürfnissen des Körpers anpaßt.

Der Salzhunger

Die Tiere, die das Schicksal an Land gebracht hatte, wenigstens die höherentwickelten, haben einen spezifischen Instinkt, ein Verlangen nach Salz entwickelt, das sie vor allem salzige Nahrung suchen läßt, wenn Salzmangel droht. In seinem 1872 erschienenen Buch «Der Ausdruck der Gemütsbewegungen bei dem Menschen und den Tieren» beschrieb Charles Darwin den Appetit als einen Instinkt, das heißt einen explosiven, unbezwingbaren Nervenimpuls, der eine neue, einmalige Handlung hervorruft, die augenblicklich alle vorangegangenen überdeckt.
So verhält es sich mit dem Verlangen nach Salz, das bei starkem Mangel als triebhafter «Salzhunger» auftreten und zu Verzweiflungshandlungen führen kann.
Die ersten wissenschaftlichen Experimente zu diesem auffallenden Verhalten wurden mit Tieren durchgeführt, denen eine sehr salzarme, fade Diät verabreicht wurde, die den Tieren absolut nicht schmeckte. Unter diesen Bedingungen war es vollkommen unmöglich, zwischen Salzmangel und grundsätzlicher Unterernährung zu unterscheiden, die als Begleiterscheinung auftrat.

Bei den Schafen enthält das Sekret der Ohrspeicheldrüsen große Salzmengen. Es reicht schon, den Speichelkanal aus der Mundhöhle hinauszuleiten, um einen bedeutenden und spezifischen Salzverlust hervorzurufen.
Das Verlangen nach Salz stellt sich einige Tage nach dieser Operation ein. Zu erkennen ist es daran, daß man die Versuchstiere vor eine Tellerreihe mit Futter stellt, das genau gleich aussieht, doch im Salzgehalt variiert: Das salzlose Futter bleibt unberührt, nur der salzhaltigen Nahrung wird zugesprochen. Bemerkenswert ist die Sicherheit, mit der das gesalzene Futter ohne Kostprobe ausgewählt wird.
Ebenso auffallend ist es, daß der extreme Salzkonsum aufhört, sobald sich der Salzspiegel des Organismus wieder normalisiert hat. Dann wählt das Schaf das wenig oder nicht gesalzene Futter.
Instinkthandlungen haben die Philosophen und die Biologen immer fasziniert, doch gründlich erforscht sind weder deren tiefere Natur noch die Nervenzellen, die sie hervorrufen. Es braucht große Ausdauer und einen klaren Blick, um zu verstehen, daß es eigentlich diese Zündimpulse im Hirn sind, die Durst, sexuelle Anziehung, Hunger im allge-

meinen oder Salzverlangen im besonderen auslösen. Man weiß nur, daß solches Triebverhalten, das unverändert an die folgenden Generationen weitergegeben wird, angeboren und äußerst tief in der genetischen Anlage verwurzelt ist. Das für den Salzhunger verantwortliche Gen ist vor mehreren 100 Millionen Jahre mit der Ausbreitung von Leben auf dem Land entstanden.

Der «Salzhunger» muß deutlich von der «Salzgier» unterschieden werden, einem Bedürfnis, das der moderne Mensch angenommen hat und das ihn dazu verleitete, seine Speisen selbst dann zu salzen, wenn der Organismus gar keinen Salzbedarf hat. Es handelt sich da lediglich um eine Angewohnheit, die ohne weiteres verändert oder aufgegeben werden kann.

Dagegen ist der physiologisch bedingte «Salzhunger» nicht auslöschbar. Unzählige Schilderungen, gezielte und zufällige Beobachtungen bei allen Tierarten und beim Menschen zeigen dies sehr deutlich.

Seit Jahrhunderten, vielleicht seit Jahrtausenden machten sich die Jäger den Salzhunger des Wildes zunutze: Mit Hilfe von Salzlecksteinen wurden einst fast unbesiegbare Tiere zu einer leichten Beute.

In den Vereinigten Staaten, wo solche Heldentaten während der Eroberung des Westens offenbar besonders verbreitet waren, werden ähnliche Geschichten noch heute in den langen Nächten auf der Jagd herumgeboten. Auch in Europa sind viele Jagdgeschichten dieser Art legendär geworden.
Der Salzhunger hat jedoch Folgen gehabt, die weit über solche Anekdoten hinausgehen. Heute weiß man, daß er sehr viele Bedingungen des tierischen Lebens geprägt hat. Vor allem hat er Wanderungen ausgelöst, oft über viele Tausende von Kilometern wie zum Beispiel die Wanderung der Bisonherden durch die nordamerikanischen Wälder. Diese Herden witterten das Salzvorkommen im Innern des Kontinents, und unter dem Aufwand aller Energien bahnten sie sich einen Weg, eine Salzstraße. Übrigens hat sich der Mensch sehr früh diese tierischen Pfade als Wege zunutze gemacht; es steht fest, daß gewisse heutige Autobahnen durch die Appalachen genau den Spuren folgen, die der Trieb der wilden Büffel, ihr Verlangen nach Salz, gelegt hatte.
Umgekehrt sind ursprünglich nomadisierende Völker seßhaft geworden und haben sich in der Nähe von Salzvorkommen nieder-

gelassen, wohin sie der Instinkt auf ihren Streifzügen geführt hatte.
Auch die Domestikation von gewissen Tierarten wurde auf ähnliche Weise erleichtert. Am Anfang des Quartärs, im Magdalénien, war ein großer Teil Europas infolge einer langsamen Abkühlung des Klimas mit Schnee und Eis bedeckt und die darunterliegenden Kräuter die einzige, wenn auch spärliche Salzquelle, waren nicht mehr zugänglich. Die in jener Eiszeit besonders zahlreichen Rentierherden wurden von Salzhunger geplagt. Das Salz im menschlichen Urin, dessen Spuren im Schnee rund um die Nomadenlagerstätten leicht zu erkennen waren, übte möglicherweise eine genügend starke Anziehung auf die Rentiere aus, daß sie sich diesen Menschen anschlossen und sich ohne weiteres für deren Zwecke benützen ließen.
Sehr schwierig ist das Erforschen des menschlichen Verhaltens, denn es bestehen natürlich moralische Widerstände gegen Experimente, in denen Menschen extremen Bedingungen von Salzmangel und Salzüberschuß ausgesetzt werden. Beobachtungen erlaubten jedoch die Feststellung, der Mensch passe wie alle landbewohnenden Lebewesen die Salzaufnahme instinktiv seinen Bedürfnissen an.

Die eindeutigsten Aussagen stammen wohl von den Anthropologen, die die Randgebiete der Sahara in Südmarokko erforschten. In den Gegenden von Tafilet, Bani und Tarfaia liegt Salz überall, die Wadi-Ränder sind damit überstreut, und die Brunneneinfassungen glitzern vor Salz. Das Wasser vieler Quellen ist sehr salzig. Einige Flüsse, der Agadir Tissint und der Gué-Oued Tissint führen die erstaunliche Menge von 1 bis 2 Gramm Salz pro Liter, das heißt 10- bis 20mal mehr als die Gewässer im Norden des Landes in Fez und Rabat zum Beispiel.
Man würde annehmen, die Bewohner der westlichen Sahara — wie alle Völker in Trokkengebieten — würden an Salzmangel leiden, da der Salzverlust wegen des starken Schwitzens in solch heißen Klimas groß ist. In dieser Gegend kompensiert jedoch das Salz des Wassers weitgehend diese unvermeidlichen Verluste. So ist der Salzhaushalt im Organismus dieser Saharabewohner nie defizitär. Der hohe Salzgehalt des Trinkwassers führt sogar eher dazu, daß die eingenommene Salzmenge den Salzverlust übersteigt und paradoxerweise eher ein Salzüberschuß droht.
Die Einheimischen haben wohl unbewußt diese Gefahr erkannt und bereiten ihre Spei-

sen ganz ohne Salz. Das Salz im Trinkwasser und im Wasser, das sie zum Kochen verwenden, reicht vollkommen. Zusätzlich gesalzen wird nicht.

Die Salzausscheidung durch den Harn

Ein echter Salzhunger stellt sich erst ein, wenn der Mangel lange gedauert hat und die Unterversorgung extrem wird. Er ist ein Alarmzeichen höchster Stufe. Die Anpassung an die Landumgebung, die im Gegensatz zum Meer dermaßen arm an Salz ist, ließ sehr viel feinere und genauere Regulierungsmechanismen entstehen, als sie bestanden, bevor der Salzmangel zu einer echten Bedrohung werden konnte.

Letztlich sind es die Nieren, die den Salzhaushalt regulieren.

Unbestritten hat als erster Claude Bernard erkannt, daß die Regulierung der Salzausscheidung in den Harn die wichtigste Stabilisierungsfunktion für den Salzhaushalt des Körpers darstellt. «Der Urin verändert seine Zusammensetzung ständig», stellte er im April 1852 in einer seiner Vorlesungen im Collège de France über die physiologischen Eigen-

schaften der verschiedenen Körperflüssigkeiten fest.
Die Nieren sind also der Schlüssel zum Körpergleichgewicht. Die über den Urin ausgeschiedene Salzmenge wird fortlaufend der veränderten Salzaufnahme angepaßt: Wird weniger Salz durch die Nahrung aufgenommen, dann sinkt der Salzanteil im Harn; umgekehrt steigt der Salzspiegel im Urin, wenn man mehr Salz zu sich nimmt.
Die Kenntnis der Nierenfunktionen und -krankheiten hat in den letzten Jahren stark zugenommen. Dank einem großen Forschungsaufwand ist es gelungen, die äußerst komplexen Mechanismen zu verstehen, die den Salzgehalt des Urins regeln.
Die Nieren der Landlebewesen sind ein Bündel von zahlreichen, sehr feinen Kanälchen, etwa eine Million in jeder menschlichen Niere, von denen jedes einzelne eine funktionelle Einheit bildet, die sogenannten Nephronen. Der erste Abschnitt gleicht einem kleinen Filter, der mit den Blutgefäßen in Verbindung steht, dessen Poren für die Blutzellen nicht durchlässig sind, ebensowenig wie für die großen Eiweißmoleküle, die in den Gefäßen zurückbleiben.
Es ist also ein Ultrafiltrat des Blutplasmas,

das den Filter passiert und den Grundstoff des Harns bildet.

Die Zusammensetzung des Urins verändert sich stark, während er durch die Nephronen fließt. Viele Stoffe des Primär-Harns werden in den Blutkreislauf rückresorbiert. Andere werden in den Urin abgegeben, der durch einen weiteren Wasserentzug konzentriert wird.

Die Salzresorption wird durch das Hormon Aldosteron gesteuert.

Hormone sind Stoffe, die im Blut zirkulieren und die Aufgabe haben, die Funktionen der verschiedenen Gewebe zu harmonisieren und zu koordinieren. Es sind chemische Boten, die in bestimmten Drüsen des Körpers gebildet werden, um auf die Zellen eines vom Entstehungsort entfernten Organs spezifisch einzuwirken.

Das Aldosteron entsteht in den Drüsenzellen der Nebennierenrinde, deren Name auf ihre Lage neben den Nieren zurückzuführen ist. Seine Zielzellen liegen in den Nieren, wo es die Rückresorption des Salzes aus dem Harn ins Blut bewirkt.

Wenn der Salzspiegel im Körper hoch genug ist, sinkt die Aldosteronabsonderung; die Salzausscheidung durch den Urin erhöht sich und gleicht so den Salzüberschuß im Körper aus.

Im umgekehrten Fall wird bei Salzmangel vermehrt Aldosteron abgegeben, um das Salz zurückzuhalten und den Mangel zu beheben. Die Aldosteronproduktion ihrerseits wird durch zwei andere Hormone gesteuert, die in den Nieren vorkommen und als Renin-Angiotensinsystem bekannt sind. Die Beschreibung des Renin-Angiotensin-Aldosteronsystems folgt auf Seite 73 ff. Erwähnen wir trotzdem hier, daß das Renin ein Eiweiß ist, das von den Nieren abgesondert wird und aufgrund komplexer Reaktionen ein kleines, aus acht Aminosäuren bestehendes Peptid erzeugt, das Angiotensin, das vor allem eine Zusammenziehung der Arteriolen, eine erhöhte Absonderung von Aldosteron und die Anregung des sympatischen Nervensystems bewirkt.

Erst das Zusammenspiel dieser Mechanismen, die die Salzausscheidung durch den Urin regeln und die Salzmenge im Körper differenziert und umfassend wahrnehmen können, ermöglichte das Leben in einer äußerst salzarmen Umwelt.

Das Renin-Angiotensin-Aldosteronsystem bildete sich allmählich vor mehreren hundert

Millionen Jahren bei einigen Wassertieren, die von den Knorpelfischen abstammten. Die heute lebenden Knorpelfische — Neunauge, Rochen und Hai — besitzen die Hormone Renin, Angiotensin, Aldosteron noch nicht. Da sie in einer salzreichen, maritimen Umgebung leben, würden ihnen diese auch nicht viel nützen.

Hingegen hat sich dieser hormonale Apparat bei allen Nachfahren dieser Arten eingestellt, deren Evolution zu einem kontinentalen Leben führte. Er wurde für das Überleben der Amphibien und der Landtiere wichtig, um dem Salzmangel zu steuern. Nur schwer läßt sich seine Funktion bei den höher entwickelten Arten erfassen, die im Meer geblieben sind wie zum Beispiel den heutigen Knochenfischen: Obwohl sie in einer salzhaltigen Umgebung leben, bilden sie Renin, Angiotensin und Aldosteron.

Immerhin erlauben diese Hormone gewissen Arten — den Aalen und den Salmen zum Beispiel —, große Unterschiede im Salzgehalt des Wassers zu ertragen und die erstaunlichsten Reisen vom salzhaltigen Ozeanwasser die Süßwasserflüsse hinauf zur Laichabgabe zu unternehmen.

II

Der Kampf auf dem Festland

Dank dem intensiven Antrieb des Salzhungers und vor allem dank der ausgesprochen feinen Nierenregulation konnten sich die Tierarten an Land vollständig auf ein neues Leben in einer salzarmen Umgebung einstellen. Den körpereigenen Mechanismen für den Rückhalt und die Regulierung des Salzgehaltes, die mit vielen anderen biologischen Steuerungen zusammenwirken, verdanken wir die Stabilität des inneren Milieus, die den Schritt aus dem Wasser und der ursprünglichen Meerumgebung überhaupt erst möglich machten.

So konnten sich die Landtiere entfalten, fortpflanzen und zu neuen Arten entwickeln, die ihrerseits die Erde eroberten. Am Anfang, vor 400 Millionen Jahren, waren ihre gemeinsamen Vorfahren die unentschlossenen Amphibien; heute kennen wir Millionen von lebenden Arten, die von ihnen abstammen und auf dem Festland leben.

Diese extreme Auffächerung der Lebensformen ist mindestens teilweise die Folge von unzähligen Zwängen der Landexistenz. Die biologischen Anpassungsmechanismen bildeten sich vollkommen aus und sicherten so das Leben, ohne es auf gewisse starre Formen festzulegen.

Die Unbeständigkeit der Arten ist auf die Zwänge einer vielgestaltigen Umgebung zurückzuführen. Raubtiere, extreme klimatische Veränderungen, Infektionen durch Mikroben und Viren, Parasiten, Mangel an Nahrung können das Aussterben einer Art bewirken, die in unvollkommenen, der Umweltsveränderung unangepaßten Formen erstarrt ist. Nur Arten, die wandlungsfähig geblieben sind und sich den veränderten Außenbedingungen anpassen können, überleben.

Wohl das bekannteste Beispiel für solche ausgestorbene Arten sind die großen Reptilien des Sekundärs, die Saurier und die Pterosaurier, deren berühmteste Vertreter wohl die Dinosaurier waren. Ihr Aussterben gegen Ende der Kreidezeit vor etwa 65 Millionen Jahren hängt zweifellos damit zusammen, daß sie sich nicht an das sich abkühlende und trockener werdende Klima anpassen konnten, und daß ihr Riesenwuchs ihre Beweglichkeit

einschränkte und ihre Abwanderung in sumpfigere Gebiete verhinderte.
Der heutige Bestand der lebenden Tierarten ist eigentlich nur die Summe der Endzweige des Stammbaumes. Allerdings sollte man die außerordentlichen Umwälzungen nicht vergessen, die diese Form hervorgebracht haben. Die Tierarten sind nicht starre, dauerhafte Erscheinungen.

Die schwierigen Anfänge der Menschheit

Der Ursprung des zum Menschen führenden Zweiges liegt 20, vielleicht 30 Millionen Jahre zurück. Die Entwicklung war eine allmähliche und von erheblichen Schwierigkeiten begleitet. Wie alle anderen Tiere erfuhren auch die Hominiden sämtliche Härten des Erdenlebens. Ihre Entwicklung veranschaulicht deutlich das evolutionäre Weltbild, das seit Ende des 19. Jahrhunderts allmählich die starren Dogmen verdrängte, die Priester, Weise und Philosophen während 2000 Jahren vorbehaltlos und nicht ganz ohne Eigeninteresse vertreten hatten.
Lange Zeit glaubte man, der heutige Mensch stamme von zwei entfernten Vorfahren, von

Adam und Eva ab, die Gott nach seinem Ebenbild geschaffen und bei der Erschaffung der Welt ins Leben gerufen hatte. Sie sollten Kinder zur Welt bringen, die auf vielfältige Weise seiner Gestalt und seinem Geist Ausdruck verleihen sollten. Im Umfeld dieses Menschenpaares erklärte man auch die uns vertrauten Tiere als unveränderbar. Die Legende von Noahs Arche ist nicht tot, noch heute wird sie oft so überzeugend dargestellt, daß noch manch einer daran glaubt. Dennoch ist die Kritik an dieser Darstellung des Weltgeschehens schon alt. Eine Ahnung davon hatten bereits die Enzyklopädisten im 18. Jahrhundert, später wurde diese Kritik in Paris durch Lamarck zwischen 1809 und 1822 wieder lebendig und gipfelte in den Thesen Darwins in London in den Jahren 1859 bis 1870.

Das Auftreten des Menschen fällt nicht mit der Entstehung der Welt zusammen, ja es kommt sogar sehr viel später; der Mensch ist lediglich eine späte Laune der Stammesgeschichte, ein junges Nebenprodukt in den Verästelungen der Lebensformen.

Mehr als 3 Milliarden Jahre nach der Entstehung der Erde, vor 20 oder 30 Millionen Jahren erst, trat bei einigen großen Affen eine

Veränderung der Chromosomen auf — das heißt eine Umstrukturierung der Nukleinsäuremoleküle, welche die Merkmale der Art von Generation zu Generation weitergeben.
Es gab Leute, die sich bemühten, ihre theologische Doktrin aufrechtzuerhalten und diesen Vorgang als göttliche Erscheinung auslegten. Andere sehen darin nur eine Zufallserscheinung des Fortpflanzungszyklus, die bezeugt, wie ungewisse und zufällige Ergebnisse die Verschmelzung des elterlichen Erbgutes zeitigen kann.
Dieses biologische Ereignis steht am Anfang einer gewaltigen, abenteuerlichen Entwicklung. Es entstanden zwei verwandte Zweige: derjenige der großen Menschenaffen, der in den heutigen Gorillas, Schimpansen und Orang-Utans gipfelt, und der Zweig der Hominiden, aus denen der Homo sapiens hervorging.
Der Chromosomensatz des Schimpansen ist dem menschlichen sehr ähnlich; er besitzt lediglich ein Chromosomenpaar mehr: 24 Paare bei den Affen, 23 Paare beim Menschen.
Ein scheinbar unbedeutender Unterschied; und doch brachte er das verblüffendste Ereignis der Tierwelt hervor, denn das Auftreten

und die Entwicklung des Menschen wandelte die Bedingungen auf der Erde grundlegend. 10 bis 20 Millionen Jahre waren nötig, bis die ersten Hominiden, die noch auf vier Füßen gingen und auf Bäumen lebten, ihre affenähnlichen Merkmale verloren. Allmählich richteten sie sich auf ihren zwei hintern Beinen auf. Die so freigewordenen vorderen Gliedmaßen entwickelten sich allmählich zu den Greifarmen. Dank dieser grundlegenden Veränderung konnte sich der Mensch rascher fortbewegen, sie erleichterte Nahrungssuche, Jagd und Verteidigung. Sie war äußerst wichtig für das Überleben der menschlichen Rasse.

Allerdings wäre nichts von alledem möglich gewesen ohne die Entwicklung des menschlichen Gehirns. Die Evolution des Menschen ist schon weit fortgeschritten beim *Homo habilis,* einem Vorfahren unserer Art, der vor 3 bis 4 Millionen Jahren in einem relativ beschränkten afrikanischen Raum im Gebiet des heutigen Tanzania, von Äthiopien und der Umgebung des Rudolfsees lebte. Sein Schädel hatte sich, verglichen mit seinen Vorgängern, deutlich vergrößert, und gleichermaßen war sein Gehirn größer.

Der *Homo habilis* war mit Intelligenz begabt.

Er konnte Werkzeuge herstellen, um sich eine schützende Behausung zu bauen und herzurichten, und er konnte Waffen herstellen, mit denen er sich wirksam, ja eigentlich fast vollkommen, gegen die großen Feinde der Wildnis verteidigen konnte. Seinerseits wurde er zu einem fast unbesiegbaren Jäger, der von seiner Beute lebte.

Nach dem *Homo habilis* nahm der Mensch eine rasche Entwicklung. Der folgende *Homo erectus,* den man lange Zeit Pithekanthropus nannte, entdeckte das Feuer in nördlichen Gegenden und konnte so auch harte Klimas ertragen.

Einige Stämme verließen vor 1½ Millionen Jahren Afrika und besiedelten Europa und Asien. Der *Homo sapiens,* der vor 100 000 Jahren in einer Eiszeit des Pleistozäns aufgetreten ist, stellt sozusagen das Endprodukt der Entwicklung zum Menschen dar. Bis auf wenige Einzelheiten entspricht er dem heutigen Menschen. Kleinere Unterschiede, die zweifellos auf Umwelteinflüsse zurückzuführen sind, kennzeichnen die drei heutigen Menschenrassen: Kaukaside, Mongolide und Negride.

Die Fähigkeiten des menschlichen Geistes, die allmähliche und später vollständige Be-

herrschung der Umwelt stellte sich bei allen ungefähr zur gleichen Zeit ein.
Der Mensch wurde im doppelten Sinne *sapiens,* als er vor einigen 10 000 Jahren sein Nomadenleben aufgab. Damals gründete er die ersten Dörfer, rodete Wälder, um den Boden zu bestellen und seine soziale Umwelt zu gestalten.
Die revolutionären Erscheinungen des Neolithikums setzten der biologischen Evolution des Menschen ein Ende. Durch sein Wissen vermochte er den selektiven Druck seiner Umgebung umzuwandeln. «Der Kulturmensch gewann nicht nur fast unbeschränkte Möglichkeiten, auf seine Umwelt einzuwirken, er durchbrach auch die natürliche Selektion. Diese kann ihm nichts mehr anhaben, wenn er durch die Kultur wirksam und schnell auf die Umweltzwänge antworten kann», schreibt Jacques Ruffié.
Die Evolution der Menschheit erfolgte also in zwei deutlich abgegrenzten Etappen, deren Merkmal die Entfaltung der Intelligenz war. In der ersten, die mehrere Millionen Jahre dauerte, mußte der Mensch seine gesamten Kräfte dem Überlebenskampf widmen, der die grundsätzliche Entwicklung von angemessenen physischen Fertigkeiten forderte

und wahrscheinlich von einem verzweifelten Überlebensinstinkt getragen war — einem Trieb, der Jahrtausende überdauert hat bis Massada, Vercors, Vietnam und Biafra, diesen zahlreichen Schauplätzen des ans Unmögliche grenzenden Widerstands.
Die zweite Etappe kennzeichnete der Sieg über die Umwelt. Doch dieser glückliche Ausgang ist noch nicht alt und getrübt durch die Erinnerung an vergangene Tragödien. Zudem steht er auf sehr schwachen Füßen, ständig bedroht durch die Unberechenbarkeit und Willkür des menschlichen Intellekts, der ihn eigentlich errungen hatte.
Der Triumph des Menschen vermag die unendlichen Leiden nicht zu verdecken, die dieses Epos begleitet haben und die auch seine Zukunft bedrohen.

Der Salzmangel

Man kann sich leicht vorstellen, daß Raubtiere, Unwetter, Krankheiten und Hungersnöte zu den Plagen gehörten, die die Menschheit am Anfang am meisten bedrohten: Etwas schwieriger ist die Vorstellung, daß auch der Salzmangel dazu zählte.

Und doch war es so. Beim Urmenschen war das Gleichgewicht seines Salzhaushaltes, auf das er nicht verzichten konnte, durch vielerlei Umweltfaktoren gefährdet. Die Aufnahme durch die Nahrung war spärlich, denn die pflanzliche Nahrung überwog. Und die Gefahr von bedeutenden Salzverlusten durch Schwitzen, Krankheit oder Verletzung drohte ständig.
Zudem stellte die aufrechte Haltung mit den entsprechenden Anpassungszwängen ein weiteres Hindernis dar. Tatsächlich verursachte die durch die Schwerkraft bedingte Blutkonzentration in den unteren Gliedmaßen eine entsprechende Verminderung der Blutmenge in den anderen Organen, vor allem im Hirn. Obwohl die für den Salzrückhalt verantwortlichen Mechanismen einwandfrei funktionierten, müssen die ersten Menschen an Salzmangel, starken Ermüdungserscheinungen und entsprechenden Kräfteverlusten gelitten haben. Vermutlich haben sie oft unter der schmerzhaften Empfindung und der schrecklichen Spannung des Salzhungers gelitten.
Die Jagd, die die einseitige pflanzliche Ernährung durch eine gemischte Kost aus Pflanzen und Fleisch zugleich ersetzte, bedeutete einen ersten Fortschritt, denn das Fleisch, auch das-

jenige von Pflanzenfressern, enthält einiges mehr an Salz als die Pflanzen. Die Entdekkung von Unterschlüpfen und die Eroberung nördlicher Länder verminderte auch die Salzverluste durch Schwitzen.
Doch die Gefahr war erst wirklich gebannt, als der Mensch die einfachste Methode erfand, um zu Salz zu kommen: Nämlich die Gewinnung aus dem Meer oder später aus den tiefen Schichten der Erde. Wie in vielen anderen Gebieten schaltete die menschliche Vernunft viele Gefahren aus und garantierte eine scheinbare Sicherheit.
Die Entdeckung des Meer- und des Steinsalzes ist sehr alt. Sie liegt mehrere Jahrtausende zurück und ist sicher als eine der unzähligen Errungenschaften des Neolithikums zu werten. Doch im Rahmen der gesamten Evolution ist es eher eine junge Geschichte.
Schreckliche Erfahrungen von Salzmangel, Wohltaten des Salzes, Wunderheilungen durch Salz bleiben tief im «kollektiven Unbewußten» eingegraben, das unser Urzeiterbe darstellt. Die Mühsal der Entdeckung des Salzes, die Verehrung seiner wunderbaren Kräfte wurden von Generation zu Generation weitergegeben, und gerade durch die langwährende Angst vor dem Mangel schrieb man

dem Salz wundertätige Eigenschaften zu und erhöhte es zu etwas Heiligem.
Allerdings beschränkt sich die Angst vor dem Salzmangel nicht auf die Vorgeschichte. Sie begleitete auch die jüngsten Entwicklungsschritte des Menschen.
Das Vermögen der Nieren, das Salz im Organismus zurückzuhalten, ist so groß, daß eine sehr geringe Menge Salz — ein halbes Gramm pro Tag — einem im gemäßigten Klima lebenden Menschen ein normales Leben bei einwandfreier Körperfunktion ermöglicht. In der Tat ersetzen diese 500 mg den natürlichen Salzverlust, das heißt die Menge, die über die maximalen Rückhaltmöglichkeiten hinausgeht und zwangsläufig über Urin, Stuhl oder Schweiß ausgeschieden wird.
Man begreift, daß dieses Gleichgewicht dennoch eher labil ist. Wenn eine Infektion oder eine Vergiftung mit starkem Erbrechen, Durchfall oder starker Schweißabsonderung vorliegt, dann droht Mangel; größere Salzmengen können dann mit dem abgehenden Wasser, in dem es gelöst ist, den Körper verlassen und das Regulierungsvermögen überfordern. Besonders groß ist die Gefahr bei kleinen Kindern, deren Nieren noch nicht

vollständig entwickelt und deshalb beschränkt leistungsfähig sind.

Der Salzmangel, der bei den Urmenschen am ausgeprägtesten war, hat auch uns bis vor nicht langer Zeit bedroht. Diese Gefahr besteht weiterhin unvermindert bei Völkern, die noch heute fern von der industriellen Zivilisation in der Ungewißheit tropischer Klimas bei vorwiegender Pflanzenernährung und mangelhafter Hygiene leben. Doch er kommt auch in den entwickelteren Ländern vor.

Deshalb neigt der Mensch immer dazu, das Salz hochzuschätzen und ihm manchmal sogar wundertätige Kräfte zuzuschreiben, die die biologischen Tatsachen bei weitem übersteigen. Im Laufe der Zeit wurde der organische Stoff Salz zu einem mystischen Element.

III

Die Symbolik des Salzes

Der Mensch versucht, seine Zukunft zum Teil aufgrund der eigenen Erfahrungen zu gestalten, aber auch aufgrund der Erfahrungen, die ihm seine Artgenossen mitgeteilt haben. Solange die frühen Menschen in Stämmen verstreut lebten, erfolgte kein entscheidender Fortschritt.

Eines Tages haben sie das Nomadenleben aufgegeben; sie haben sich in Siedlungen zusammengetan und ihre persönlichen Erfahrungen ausgetauscht. Von diesem Zeitpunkt an entstand die eigentliche menschliche Kultur.

Die Symbolik des Salzes taucht im Levitikus auf. «Alle deine Speiseopfer sollst du salzen, und dein Speiseopfer soll nimmer ohne Salz des Bundes deines Gottes sein, denn in alle deine Opfer sollst du Salz opfern.»

Bis das Salz einen solchen Ehrenplatz als Bindeglied zwischen dem Übernatürlichen und dem Menschen innehaben konnte, wie oft

mußte da wohl die Legende vom Salz herumgeboten worden sein?
Die Kunde vom Salz hallte durch die ersten Städte unserer jüdisch-christlichen Zivilisation, Sumer, Babylon, Memphis, dann Jerusalem. Es galt, den Leiden vergangener Zeiten ein für allemal ein Ende zu setzen und diesen wundersamen Stoff, der Gesundheit spendet, allen zugänglich zu machen. Der Salzverkauf hatte schon auf den ersten Märkten eine Sonderstellung; und sie blieb ihm lange erhalten.

Die ersten Symbole

Salz verleiht physische Kraft, die bemerkenswerteste aller Gaben. Man soll es Freunden und allen, die man liebt, anbieten.
Es ist kostbarer als Gold, Weihrauch, Myrrhe oder Ebenholz. Es ist ein Symbol für Freundschaft, Gastfreundlichkeit und Zusammenleben geworden. Es darf auf keinem Tisch fehlen; wer das nicht beachtet, läuft nicht nur Gefahr, als unhöflicher Mensch zu gelten, er setzt sich auch schlechten Einflüssen aus. In den koscheren Restaurants ist diese Tradition noch erhalten, wenn der Wirt zum Willkom-

mensgruß auf jeden Tisch grobes Salz stellt, das man noch vor dem Bestellen auf das Brot reibt. Das Salz darf aber keinesfalls auf dem Tisch verschüttet werden, sonst ist die freundliche, gute Stimmung verdorben; man glaubt sogar, diese unvorsichtige Geste künde Unheil an. Um dieses abzuwenden, sollte man einige Prisen des verschütteten Salzes über beide Schultern werfen.

Das Salz war ein so großer Segen, daß es nicht ein einfaches Körperheilmittel bleiben konnte; sehr bald wurde es auch zum Symbol für geistige Werte. Offenbar vermochte das Salz sämtliche inneren Tugenden, Intelligenz und moralischen Werte zu stärken, es wurde zum Ausdruck für geistige Kraft. Im Alten Testament symbolisiert es den Bund zwischen Mensch und Gott. Für die Alchimisten des Mittelalters ist es ebenso wie das Quecksilber ein mysteriöser Stoff, ein eigentlich kosmischer, der alle Organismen beherrscht. Im 13. Jahrhundert hieß es, «wer das schmelzbare Salz und das unverbrennliche Öl besitzt, kann Gott loben», und daß das «letzte Geheimnis in der Herstellung des gewöhnlichen Salzes liegt», oder «wer das Salz kennt, besitzt das Geheimnis der alten Weisen», oder «Salz und Alaun vermögen den Stein zu ver-

jüngen.» Isaac der Holländer beschrieb es als Mittler zwischen der schwefligen Erde und dem Wasser: «Gott hat ihnen ein gewisses Salz eingegossen, um dieselben zu vereinigen und die Alten nannten das Salz *sal sapientium* (Salz der Weisen).» Auch im 17. Jahrhundert behielt das Salz seine magische Kraft und seine geheimnisvolle Wirkung. Hier noch einige weitere Ausdrücke, die dies bezeugen: Salz ist «das Diadem deines Herzens», das «physische Erdzentrum», ein Bestandteil «der jungfräulichen und reinen Erde, der im Kern aller Grundstoffe gemeinsam enthalten ist, das heißt in deren Tiefe» (C. G. Jung).
Seit Paracelsus unterteilte die symbolische Philosophie, die später in die heutige Freimaurertradition überging, unser Universum in drei Welten: Himmel, Erde, Hölle. Diesem geistigen Dreierprinzip lassen sich organische Elemente zuordnen, Schwefel, Quecksilber und Salz zum Beispiel. Schwefel und Quecksilber sind das männliche und das weibliche Prinzip, Schwefel ist auch ein Katalysator für Hitze, und Salz bedeutet die Betrachtung: Es ist erwiesenermaßen «die quinta essentia über allen Dingen und in allen Creaturen», «das ganze Geheimnis liegt im Salz und seiner Auflösung.»

Anfänglich hielt man das Salz für unentbehrlich für den körperlichen Aufbau, mit der Zeit wurde es immer wichtiger für die geistige Tätigkeit. Alles mußte damit gewürzt sein, eine pfiffige Rede ist «gesalzen», und bei einem gelungenen Scherz spricht man vom «attischen Salz». Dieser besondere Stoff, der den Menschen mit dem Göttlichen verbindet, schützt ihn auch vor allen möglichen Unbilden der Natur.

Salz und Hexenkünste

Die ägyptischen Priester verzehrten kein Salz, hingegen kamen sie auf die Idee, es über die von Kriegen und Epidemien verwüsteten Städte zu streuen, um die Dämonen zu vertreiben; man sagt, dieser Brauch sei noch zur Zeit der punischen Kriege üblich gewesen, und die Ruinen von Karthago seien mit Salz bestreut worden. Gar manche Zaubergeschichte belegt, daß das Salz im alten Europa, aber auch im heutigen, einen sehr wirksamen Schutz gegen Hexerei bot.
Im Baskenland heißt es zum Beispiel, das Krähen des Hahns zeige an, daß ein Hexer vorübergehe: Um ihn fernzuhalten, muß man

eine Prise Salz ins Feuer streuen. Auch in Béarn wirft man Salz ins Feuer, allerdings wenn die Eule schreit. Es wird auch von einem andern Schutz berichtet: «Eule und Kauz, ich salze euch beiden den Hintern; tut mir kein Leid an und auch niemandem sonst im Haus», oder «Eule, ich salze dir Kopf und Hintern, damit alles Unheil, das du bringst, bei dir bleibt.»

Ebenfalls in Südwestfrankreich, bei Bigorre, gibt man den Brautleuten vor der Hochzeitsmesse Salz in die linke Tasche, um sie vor einem schlechten Schicksal zu bewahren und ihnen Glück zu wünschen.

In Lavedan im Vallée d'Azun hält man die Hexer mit einem Salzkreuz von den Wegkreuzungen fern, das ist gewissermaßen ein doppelter Exorzismus.

Etwas weiter nördlich finden wir eine ähnliche Sitte. In der Gegend von Confolens glauben die Bauern, sie könnten ihr Vieh vor Krankheiten schützen, indem sie es dreimal mit grobem Salz bestreuen. Bis vor dem Ersten Weltkrieg waren viele ähnliche Bräuche lebendig: «Wenn man zum ersten Mal Milch von einer jungen Mutterkuh verkauft, muß man unbedingt eine Prise Salz beifügen, damit die Milchbildung nicht aufhört.» Oder:

«Will man eine Kuh zum Markt bringen, so gibt man vorsichtigerweise etwas Salz zwischen die Hörner des Tieres und sogar in die Taschen des Verkäufers, damit der Handel gut vonstatten geht.»

In der Beauce behandelte man bis 1850 Menschen mit Salz. Man hoffte, mit Salzpflastern Flechten zum Verschwinden zu bringen (es handelte sich meist um eine Hauterkrankung, die eine leichte Schuppung zeigte und die heute sicherlich als Psoriasis diagnostiziert würde). Wenn graues Salz aus den Salzsümpfen von Guérande, Loire-Atlantique, verwendet, und es zusammen mit Schöllkraut zerstampft wurde, dann konnte die Behandlung erfolgreich sein.

Wenden wir uns nun Großbritannien und den keltischen Gebieten zu, wo die Furcht vor allem Unsichtbaren immer äußerst lebendig war. In Irland dürfen am 1. Mai weder Feuer, noch Milch noch Wasser aus dem Haus gegeben werden; wenn ein Reisender eine Tasse Milch verlangt, dann muß man erst eine Prise Salz beifügen, um die bösen Geister zu bannen. In diesem Land ist es aus denselben Gründen auch Brauch, bei Totenwachen Salz zu essen.

In Wales stellt man einem Verstorbenen einen

Teller Salz auf den Leib und steckt eine brennende Kerze hinein, um schlechtes Schicksal abzuwenden. In Schottland streut man Salz auf Brust und Bauch des Toten, manchmal gibt man dem Toten einen Teller voll Salz in den Sarg mit.

Ja, noch sonderbarere Bräuche herrschen in diesem Land. In den Dörfern in Süd-Wales gibt es einen Mann, der die schwierige, vom Vater auf den Sohn übertragene Aufgabe hat, die Sünden der Verstorbenen zu tilgen.

Dafür muß er einen Teller mit einem Stück salzbedecktem Brot darin auf den Toten stellen. Nachdem er einige rituelle Sprüche gesagt hat, muß er das Brot, nicht aber das Salz essen und dann weggehen und so die Erinnerung an die Sünden des Toten für immer forttragen.

Auf der Insel Man hat der Aberglaube noch größere Bedeutung. Jedes Jahr am 1. November füllt man Salz in einen Fingerhut und schüttet so viele kleine Häufchen auf einen Teller, wie Leute im Haus wohnen; am nächsten Tag schaut man, ob kein Häufchen eingefallen ist, wer sein «Salzhäufchen verloren hat», muß im Laufe des Jahres sterben.

In Hessen sind noch heute in der längsten und dunkelsten Nacht des Jahres, in der Weihnachtsnacht, die bösen Geister besonders am Werk; man verteilt dann ordentlich 12 Zwiebelhäute, die man mit Salz füllt, auf dem Tisch. Wenn das Salz in einer Haut am nächsten Morgen «geschmolzen» ist, deutet dies auf den Monat, in welchem der Familie Unheil droht; man füllt sie dann mit frischem Salz, das man segnet, um das Unheil abzuwenden.

Salz und Teufel

Selbst der größte aller Dämonen fürchtet das Salz. «Der rechte schwartze Höllenteuffel, welcher durch kein Element zu überwinden ist, als allein durchs Saltz.» Im Maghreb und in Guyana sagt man, er habe durch das Salz seinen Schwanz verloren: Die Menschen, die sich ihm nähern konnten, haben ihm grobes Salz auf den Schwanz gestreut, um ihn zu fangen. Der Schmerz soll so heftig gewesen sein, daß der Teufel gezwungen war, mit Bissen seinen in Flammen stehenden Schwanz zu entfernen, um diese schreckliche Pein zu beenden.

In derselben Legende heißt es aber auch, das Fehlen von Salz begünstige das Auftreten des

Teufels. So haben die Hexenmeister auf das Salz verzichtet. Bei den nächtlichen Festmählern mit dem Teufel, den Hexen-Sabbaten, wie die Christen im Mittelalter sagten, wurde salzlos gespeist. Dieser unglaubliche Tatbestand galt als stichhaltige Hexenprobe, mindestens in den Prozessen des 17. Jahrhunderts, über die Jean Palou in «Salz und Hexerei» berichtet.

Man erklärte Suzanne Gandry zur Hexe, und sie wurde in Ognain am 10. Juli 1652 erdrosselt und verbrannt, weil sie bekannte, sie habe an einem Gemeinschaftsmahl teilgenommen, wo es «weder Salz, noch Mundtücher ... noch Tischtücher» gab. In Arches gestand am 2. Dezember 1617 Mougeotte Hocquart von Bussang unter der Folter unter anderem folgendes, was sie geradewegs auf den Scheiterhaufen brachte: Sie wisse nicht, ob es Salz hatte, sie sei (zum Sabbat) gegangen am Tag und bei Nacht zu Fuß mit den andern; der Meister, der Teufel, habe ihnen Mitteilung gemacht. Dasselbe Schicksal ereilte am 8. Mai 1618 Anna Lang im Elsaß; sie wurde lebendig verbrannt in Bergheim im unteren Rheintal — «Haben gegessen und truncken darbey, aber kein Brot oder Salz gehabt.»

Alle Zeugnisse scheinen übereinzustimmen:

Während der salzlosen Mähler treffen Hexer und Hexen mit dem Teufel zusammen. «Die Gäste wurden jämmerlich bewirtet: Leichenreste, Kinderbeine und -arme, ohne Salz, mit einer Würze, die dem Ort angemessen war.» Oder «Der Sabbat wird an einem sehr abgelegenen Ort gehalten ... in der Nacht ...; es gibt Festessen mit allen möglichen kalten Fleischsorten, fad und ohne Salz.» «Da gab es haufenweise grobes, schwarzes Fleisch, kein Salz und grobes, schwarzes Brot aus Asche, wie sie glaubt» (Prozess einer gewissen Christiane, 26. Juni 1624). «Man findet niemals Salz, und was immer man zu essen glaubt, da ist nichts» (Prozess von Arnoulette Defrasne, 22. März 1623).

Bei ihrem Prozeß zwischen 1643 und 1647 gestand die jugendliche, 15jährige Hexe Marie Carlier aus Valenciennes, sie habe ungewürzte Elstern gegessen. Kein Salz auf dem Sabbat, das bestätigen auch ein Angeklagter von Saint-Nicolas in Lothringen und eine Angeklagte aus Neuf-Château, «denn mit Salz macht man Christen».

So ist die Reaktion jenes Italieners verständlich, der bei einem nächtlichen Sabbat aus den Händen des Teufels das Salz erhielt, das er verlangt hatte; der Italiener rief: «Gelobt sei

Gott, denn er hat mir Salz gesandt!» — und der Spuk verschwand.

Salz und Gott

Im Levitikus besiegelt das Salz den Bund der Menschen mit Gott. Im Neuen Testament vergleicht der Sohn Gottes seine Jünger mit dem Salz, das zum Lichtsymbol wird: «Ihr seid das Salz der Erde; wo nun das Salz dumm wird, womit soll man's salzen? Es ist zu nichts hinfort nütze, als daß man es hinausschütte, und lasse es die Leute zertreten. Ihr seid das Licht der Welt. Es mag die Stadt, die auf dem Berge liegt, nicht verborgen sein. Man zündet auch nicht ein Licht an und setzt es unter einen Scheffel, sondern auf einen Leuchter; so leuchtet es denn allen, die im Hause sind.»
Das Symbol Salz tauchte mit der Entstehung der christlichen Liturgie auf. Wichtig ist es in den Schriften der ersten Kirchenväter, zum Beispiel beim heiligen Johannes Chrysostomus: «Indem er sagt, ‹Ihr seid das Salz der Erde›, zeigt er, daß die menschliche Natur von Unvernunft geschlagen und durch Sünden verdorben ist; deshalb fordert er die Tu-

genden, die am wichtigsten sind, wenn man vielen das Heil bringen will, und die sehr feinstofflicher Natur sind.»
Die Taufe ist das erste Tor auf dem langen Weg, der den Menschen zu Gott führt. Natürlich mußte das Salz diesen schönen, abenteuerlichen Weg begleiten, deshalb mußten die ersten Katechumenen während der Zeremonie geweihtes Salz schlucken.
Im Mittelalter erhielt der Salzgenuß eine neue Bedeutung. Salzreiches Essen sollte hilfreich sein, um Dämonen zu vertreiben und böse Geister zu bannen. Der Priester haucht den Katechumenen an, «ut fugato diabolo, introitus sapientiae . . .». (Möge Weisheit eintreten, nachdem der Teufel verjagt ist), und legt ihm seine Hand auf, um ihn vor schlechten Einflüssen zu schützen, dann gibt er «die Salzmedizin, die anzeigt, daß so wie Fleisch ganz in Salz gepökelt sich hält, durch das Salz der Weisheit des Wortes Gottes der menschliche Geist, der durch die Wogen des Weltgeschehens angeschlagen und weich ist, bewahrt wird.»
Später, 1605, vergleicht P. Le Loyer in seinem Buch über Reden und Geschichten von Gespenstern, Geistgesichter und -erscheinungen die Welt des Meeres mit der Welt des Landes

anhand der Taufsymbolik: «Platon nannte das Salz göttlich und von Gott geliebt. Unser Herr Jesus Christus nannte seine Apostel und Jünger das Salz der Erde ... Das weiß ein jeder, daß Salz die Körper vor Zerfall und Fäulnis bewahrt ... Daß das Salz mit dem Wasser vermischt ist, kann nicht anders sein, denn sie waren seit ihrem Uranfang vermischt gewesen und hatten sich unter den Erdschichten getrennt, die die ursprüngliche Natur des bitteren, salzigen Wassers verändert und gemildert haben, um es für die Menschen trinkbar zu machen.

Das gesegnete Wasser, wo Salz beigemischt ist, scheint zu diesem Urzustand des Wassers zurückzukehren ...»

Bei den Arabern gehört das Salz auch zur Geburt, man reibt damit die Haut der Neugeborenen ein, um sie vor Angriffen des Bösen zu schützen.

Im mittelalterlichen Europa ist Salz das Allerweltssymbol für Beschwörungen aller Art. Man braucht es, um das Vieh vor Seuchen zu schützen und zur Erlösung der menschlichen Seele; das Ritual der Letzten Ölung bestand damals aus einer Segnung der sterblichen Hülle mit Weihwasser, Asche und Salz. Es diente auch bei der Weihung von Kirchen,

einer Tradition, die im 18. Jahrhundert entstand und noch heute lebendig ist.
Der Bischof beginnt mit einer Exorzierung des Salzes vor dem Gotteshaus, mit einer Formel, die noch heute bei der Segnung des Wassers vor der großen Sonntagsmesse gesprochen wird: «Exorcizo te, creature salis ...» (Ich treibe dir die Dämonen aus, du Kreatur des Salzes ...), dann beschwört er das Wasser, segnet es und mischt Salz bei. Dann umschreitet er dreimal die Kirche und bespritzt jedes Mal die Mauern mit gesalzenem Wasser. Bevor er eintritt, bleibt er auf der Schwelle stehen und nimmt eine Exorzierung mit Salz vor: «Ad expellendum omnis daemonum temptationis», (um alle Versuchungen der Dämonen auszutreiben). Und noch einmal segnet er mit einer Asche-Salz-Mischung und dann mit einem Gemisch aus Asche und Wasser.

IV

Salz in Hülle und Fülle

Da sie wußten, welch kostbaren Stoff sie besaßen, der zugleich physische und moralische Kraft verlieh, machten sich die Menschen sehr früh auf, nach reichlichem Salzvorkommen zu suchen. Sie entdeckten, daß es im Meer und in vereinzelten Erdschichten gehäuft auftrat und daß es sich dort in unbegrenzten Mengen fand, wenn man es abbauen konnte.

Das erlaubte dem Menschen, manche Mühsal zu lindern, gewisse schlimme, physische Leiden zu behandeln und seine Nahrung zu konservieren. Die Entdeckung des Salzes stellte einen wichtigen Schritt auf dem Weg zum Wohlstand dar: «Nihil enim utilius sale et sole». (Nichts ist nützlicher als Salz und Sonne.)

Vermutlich wurde Meersalz als erstes gewonnen. Man kann sich das Staunen der Menschen vorstellen, die nach der abenteuerlichen Ungewißheit ihrer Landwanderungen ans Meer gelangten: Sie nahmen wohl nicht nur den unbegrenzten Raum und einen Zug in die Ferne wahr, sie entdeckten auch ein gewaltiges Universum von Salz. Fortan setzte der Mensch alle seine Geisteskräfte und seinen Scharfsinn ein, um sich des Salzes zu bemächtigen.

Die einfachste Art der Meersalzgewinnung besteht darin, Meerwasser in riesigen Gefässen oder Becken zu sammeln und das Wasser durch Hitze zu verdunsten. Die Wasserdämpfe enthalten kein Salz, es setzt sich auf dem Grund ab. Gewiß hat der Mensch zuerst dieses Verfahren angewandt. Es ist noch heute bei einigen Urvölkern verbreitet, vor allem an der afrikanischen Westküste, in Guinea, wo mit Kupfergefäßen gearbeitet wird. Die prähistorischen Gefäße waren im Mittelmeerraum aus Ton und in einigen asiatischen Gebieten sowie an den japanischen Küsten aus Granit.

An den chinesischen Küsten wird seit mindestens 3000 Jahren der Verdunstung durch Erhitzen des Wassers nachgeholfen. Dieses Verfahren war in vorgeschichtlicher Zeit auch in Europa verbreitet. Noch vor wenigen Jahrhunderten war es im Norden Europas gebräuchlich, von der Normandie bis Dänemark, wo der niedrige Salzgehalt des Meerwassers und die schwache Sonnenkraft die Einrichtung von Salzsümpfen nicht zuließen. Dieses Verfahren der Salzsiederei nannte man «briquetage».

Es gibt einige natürliche Anlagen, wo große Mengen von Salzwasser rasch verdunsten und reichlich, ja sogar im Überfluß Salz gewonnen werden kann. Es handelt sich um flache Becken, wo das Meerwasser im Winter eindringt und im Sommer verdunstet. Das eindrücklichste ist gewiß das Becken von Rann an der Westküste Indiens, im Schutze der Insel Kutch. Unter dem Einfluß des kalten Monsuns wird es von Südwesten her mit Ozeanwasser überspült, hingegen verhindert der warme Monsun von Nordosten her jede weitere Überflutung, so daß das Becken austrocknen kann. Auf der Salzinsel der Kapverdischen Inselgruppe wird das Salz in alten Vulkankratern gesammelt. Zwei Jahrhunderte lang konservierte man darin die Meerschildkröten, die den Sklaven bei der Atlantiküberquerung nach Brasilien als Nahrung geboten wurden. Am nächsten bei uns liegt Mata bei Alicante, aus dessen Erträgen zum Teil die Reisen von Christoph Kolumbus in die Neue Welt finanziert worden sind.

Das Salz des Kaspischen Meeres sowie das der Dnjeprmündung und Bessarabiens wurde mindestens fünf Jahrhunderte vor Christus schon abgebaut. Gewaltige Mengen konnten aus diesen natürlichen Salzbecken gewonnen werden, oft allerdings, das kann man sich denken, unter schrecklichen Qualen. In den bessarabischen Salzsümpfen, die dem Zaren gehörten, hinterließen die unwürdigen Arbeitsbedingungen schlimme Erinnerungen. Man zwang Arbeiter und Lasttiere, sich auf Salzschichten hinauszuwagen, die ihr Gewicht nicht tragen konnten, und man spricht von zahlreichen solchen Zügen, die im darunterliegenden Wasser elend ertrunken sind, gefangen im Panzer ihrer salzverkrusteten Kleidung.

Der Bau von Salzgärten, den künstlichen Verdunstungsbecken, wo das Meerwasser allmählich zugeleitet wird, und zwar in der Sonnenbestrahlung angemessenen Mengen, krönte die Eroberung des Meersalzes. Salz-

gärten wurden ursprünglich an den Küsten warmer, milder Meere angelegt; dort geht die Verdunstung schnell vor sich, und da Regenfälle eher selten sind, kann das Salz im Freien neben den Becken gelagert werden. Die Salzgärten von Istria bis Cervia an der oberen Adriaküste, von Trapani in Sizilien bis Hyères und Peccaïs in Südfrankreich oder Ibiza auf den Balearen sind Zeichen für den Fortschritt des Menschen im Mittelmeerraum. Wohl ziemlich gleichzeitig entstanden solche Salzgärten an den warmen Meeresküsten Asiens, im persischen Golf, in Mitteljapan und auf den Philippinen.
Sehr detailliert berichtet uns der Römer Rutilius Namatianus über die Verfahren der Meersalzgewinnung an der italienischen Küste unterhalb von Livorno. Diese Verfahren wurden auf allen Kontinenten angewandt und sind vom 4. Jahrhundert bis heute praktisch unverändert erhalten geblieben. Die beste Ausbeute wird erzielt, wenn man das Meerwasser langsam durch leicht abfallende Rinnen im Gelände in die flachen, zahlreich hintereinander angeordneten Becken leitet, so ist die Verdunstung am wirksamsten.
1450 wurde dieses Verfahren, damals Provence-Verfahren genannt, an der französischen

Atlantikküste eingeführt, dem einzigen Ort in Nordeuropa, wo dies klimatisch möglich war. Mit Begeisterung berichtet Bernard Palissy, der Erbauer der Salzgärten von Saintonge, von der Leistungsfähigkeit seiner Verdunstungsbecken: Ein Becken von 22,2 m^2 und 2,7 m Tiefe, von denen ein Salzgarten mindestens 18 besitzt, erbringt täglich 49 kg Salz, und in der warmen Jahreszeit kann praktisch jeden Tag Salz geerntet werden.
In den großen Salzgärten des Mittelmeeres und der Atlantikküste übersteigt die Salzproduktion seit dem 14. Jahrhundert jährlich 20 000 Tonnen. Je nach Sonnenkraft kann diese Menge sogar noch höher sein, die Vorräte sind wirklich unerschöpflich.

Das Steinsalz

Der gewerbsmäßige Abbau des Steinsalzes ist viel jüngeren Datums, auch wenn solche Vorkommen schon lange entdeckt waren; wenig später als das Meersalz. Besonders eifrig wurde dieser Abbau in Europa betrieben.
Im Perm, der letzten Epoche des Paläozoikums, vor etwa 250 bis 300 Millionen Jahren, war das heutige Europa von einem großen

Binnenmeer überdeckt. Dieses bildete sich in einer ausgeprägten Trockenzeit zurück. Das Wasser verdunstete und hinterließ dicke Salzablagerungen.

An gewissen Stellen sind diese Ablagerungen trocken und können im Bergbau gewonnen werden. Andernorts lösen sie sich im Grundwasser der Umgebung und kommen als salzhaltige Wasser aus dem Boden an die Oberfläche.

Die Salzminen liegen in der Regel sehr tief im Boden, es ist verständlich, daß die Menschen zuerst die leicht zugänglichen Salzquellen erschlossen. Man hat eindeutig feststellen können, daß viele europäische Quellen, Nauheim und Hessen in Deutschland, Vic in Lothringen und die Minen Südenglands, bereits in der Bronzezeit genutzt wurden, also zwei- bis dreitausend Jahre vor Christus. Schon damals wurde das Siedeverfahren angewandt.

Praktisch alle Salzquellen Europas sind bereits in gallo-römischer Zeit belegt. Viele wurden zum Grundstein von neuen Städten. Die Geschichte der Salzbergwerke ist nicht ganz so alt. Das Salzkammergut, ein großes Salzvorkommen bei Salzburg, wurde bereits in der Vorgeschichte ausgebeutet, und die Fundorte in Sizilien und Spanien waren schon den Römern bekannt, hingegen geht die Entdeckung der großen Adern (Berchtesgaden, Cardona, Wielizcka und Bochnia bei Krakau, Soovar in Bulgarien, Maro Ujvar in Transsilvanien) lediglich auf das Mittelalter zurück. Damals erschwerte vieles den Abbau des Steinsalzes, der sich eigentlich erst einige Jahrhunderte später entfaltete. Da war einmal die schwierige Erschließung der Minen, die zum größten Teil in bewaldeten Berggebieten lagen; gemäß Berichten von William Bowles, dem ersten bedeutenden Historiker Spaniens, führte noch 1770 keine Fahrstraße zum «Salzberg» von Cardona, der immerhin schon in den ältesten Texten erwähnt wird; das Salz wurde noch immer mit Saumtieren transportiert. Später stand man vor der gewaltigen Aufgabe, in der Tiefe genügend breite Gänge zu graben, damit die Zugtiere durchkonnten. Die Arbeit war sehr anstrengend, und das Salz zerfraß die Kleider und die Haut der Minenarbeiter. Nur wenige Arbeiter schickten sich in ein so beschwerliches Handwerk; lange arbeiteten nur Häftlinge in den Salzbergwerken.

Das Salzgewerbe nahm auch auf den anderen Kontinenten eine ähnliche Entwicklung. Die Methoden waren dieselben bei Völkern, die

Tausende von Kilometern voneinander entfernt lebten und deren Kultur und Sprache nichts miteinander zu tun hatten — dies ist ein weiterer, vielleicht überflüssiger Beweis für die «Einheit der Menschen».

In chinesischen Malereien vom Ende der Han-Dynastie, 20 bis 30 Jahre vor dem Beginn der christlichen Zeitrechnung, sind wunderbar alle Etappen der Salzsiederei dargestellt, die bis heute in den 90 000 Salzwasserquellen der Provinz Szechwan unverändert geblieben sind. Wie der Dichter Sung Ying Hsing im 17. Jahrhundert berichtet, sind die Chinesen imstande, Salz aus dem Meer, aus Seen und Gruben, aus der Erde, dem Fels und dem Kies zu gewinnen.

Auch im übrigen Asien ist Salz keine Rarität: Es gibt Salzquellen in Rußland in Stararusz bei Leningrad oder in Solibursk, die lange Zeit zur Hälfte der kaiserlichen Familie gehörten und zur andern der Familie Stroganoff. Ebenso konnte man am Rande der großen Salzseen wie des Eltonsees in der großen Wolgaschlaufe oder in Indien, Patchbrada oder Gharipur in der Gegend des Flusses Juna, reichlich Salz gewinnen, ohne in die Tiefe graben zu müssen.

In Mittelafrika liegen die Salzvorkommen auf

der Oberfläche und sehen manchmal aus wie Fels. Richtige Salzziegel können abgebrochen und mit Kameltransporten über Hunderte von Kilometern weggebracht werden. Toudeni, das René Caillé bei seiner ersten Saharadurchquerung entdeckte, ist die größte Mine dieser kargen Gegend. Die Salzkarawanen ziehen zu den großen Märkten, nach Timbuktu zum Beispiel, wo das Salz verkauft wird. Im Norden von Toudeni haben die Salzziegel eine ganz besondere Verwendung: Große Ortschaften sind vollständig aus solchen Ziegeln gebaut. Der bekannteste Ort ist Teghaza, das nach dem 11. Jahrhundert lange Zeit eine der betriebsamsten Städte in Mittelafrika war. Entdeckt wurde es 1352 von Ibn Batuta, einem arabischen Forscher. Sämtliche Häuser und die Moschee sind aus Salzziegeln gebaut. Später verschwand die Moschee, die Salzhäuser blieben erhalten; man kann sie heute noch besichtigen.

In Nordamerika hat man gewaltige Salzvorkommen entdeckt, die die Regierung 1829 zum ersten Mal anhand einer Untersuchung erfassen wollte. Die Salzquellen von Onondaza, Kanawha und Shawneetown, die die Indianer entdeckt hatten, erbrachten in jenem Jahr 57 000 Tonnen Salz, also fast sechsmal

mehr als die großen Salzgärten von Barnstable Country am Cape Cod.
Da wußten die Amerikaner, daß sie genügend Salz besaßen und stellten die Einfuhr aus Europa ein.

Behandlung und Heilung des Salzmangels

Die Salzverteilung im Körper ist sehr unterschiedlich. Wesentlich mehr ist in der Flüssigkeit des Zwischenzellraums vorhanden (deren Zusammensetzung derjenigen des Meerwassers gleicht) als in den eigentlichen Zellen: Die Salzkonzentration beträgt im Zwischenzellraum genau das vierzehnfache derjenigen der Zellen. Für diesen Unterschied sorgen besondere Membranteile, die dauernd das zelleigene Salz nach außen abgeben: Am bekanntesten und auch am wichtigsten ist die sogenannte Natriumpumpe.
Diese großartige Tätigkeit der Zellmembrane hat zwei Dinge zur Folge: Erstens entsteht dank dem komplexen Membranaustausch, verbunden mit dem Salzaustausch, ein elektrisches Potential zwischen dem Zellinnern und dem Zwischenzellraum dessen kleinste Veränderung die Zelltätigkeit stark beein-

trächtigen kann. Zudem bewirkt sie grundsätzlich, daß alle brüsken Veränderungen des Salzhaushaltes vor allem von den salzreichen Teilen aufgefangen werden, nämlich vom Blut und allgemein von der Flüssigkeit des Zwischenzellraums.
Eine langewährende mangelhafte Salzaufnahme hat ähnliche Folgen wie ein akuter Salzverlust: Es treten verschiedene Symptome auf, die eine Verringerung des Zwischenzellraums im Organismus mit sich bringen. Unmittelbare Salzverluste drohen jedesmal bei heftigem Schwitzen oder bei starkem Durchfall; ebenso bei Verbrennungen, denn die Gewebeflüssigkeit, die bei offenen Wunden austritt, ist ebenfalls sehr reich an Salz.
Es sind also in erster Linie die von starkem Fieber begleiteten Infekte mit heftigen Verdauungsbeschwerden wie Cholera oder Typhus, Lebensmittelvergiftungen, Erbrechen und große Wunden, die ausgeprägten Salzmangel verursachen.
Heute erkennt jeder Arzt die entsprechenden Symptome, die bei einem stark gestörten Gleichgewicht um so offensichtlicher auftreten auf Anhieb. Wer an Salzmangel leidet, ist schläfrig, und sein Bewußtsein verdüstert sich nach und nach, wenn man nichts unternimmt.

Es kann sogar bis zu einem echten Koma führen. Die Schläfrigkeit ist begleitet von einer verminderten Blutzirkulation im Hirn. Alle anderen klinischen Anzeichen sind Folgeerscheinungen: Die verminderte Blutmenge ist eine logische Folge des Wasser- und Salzverlustes im Zwischengewebe. Der Blutdruck ist niedrig, ja, sehr schwach, und der Puls kaum wahrnehmbar, aber sehr hoch. Die Urinmenge ist beschränkt, weil auch die Blutversorgung der Nieren mangelhaft funktioniert. Wenn das fehlende Salz nicht rechtzeitig oder nur in ungenügendem Maße ersetzt wird, ist die Katastrophe da: Der Tod tritt ein, weil der Blutdruck zusammenbricht und die Harnausscheidung gänzlich ausbleibt.
Über lange Zeit versuchen die sehr leistungsfähigen Regulierungsmechanismen, die das Salz im Körper zurückhalten, diese schädliche Entwicklung aufzuhalten. Der wichtigste von ihnen ist eine besondere Hormongruppe, das Angiotensin-Aldosteron-Renin-System. Zum besseren Verständnis der biologischen Folgen, des Salzverlustes wollen wir uns zuerst der Entdeckung zuwenden:
Vermutungen über die Existenz des Nebennierenrindenhormons Aldosteron, das die Salzresorption aus dem Harn steuert, bestan-

den schon früh dank einer Untersuchung über eine früher häufige, heute eher seltene Krankheit, die der Arzt Thomas Addison am Guy's Hospital in London zwischen 1849 und 1855 durchführte.
Hauptsymptome dieses Leidens sind neben einer Hautpigmentierung, ausgeprägte Ermüdungserscheinungen, Abmagerung, tiefer Blutdruck. Diese Beschwerden sind auf einen Salzverlust durch den Harn zurückzuführen, da die Nieren nicht imstande sind, dieses im Körper zurückzubehalten, wie es normalerweise der Fall ist. Addison war nicht nur in der Lage, diesen Symptomkomplex zu erkennen, er setzte ihn auch in Zusammenhang mit der Ursache: Es handelt sich um eine fortschreitende Zerstörung der Drüsen der Nebennierenrinde, die meist tuberkulöser Natur ist.
1856 erkannte Charles-Edouard Brown-Séquard, Claude Bernards Nachfolger am Collège de France, daß der Addison'schen Krankheit ein hormonaler Vorgang zugrunde liegt: Die Entfernung der beiden Nebennieren löst eine sehr ähnliche Erkrankung aus und das Einspritzen von Extrakt dieser Drüsen bringt eine Normalisierung. Das bedeutet, daß die Nebennierenrinde einen Wirk-

stoff enthält, der die Salzabgabe in den Harn einschränken kann.

Trotz ihrer Präzision blieben diese klinischen und experimentellen Beobachtungen fast 100 Jahre lang unvollständig. Zwei wichtige Entdeckungen wurden zwischen 1950 und 1960 gemacht. Die erste, die wir den beiden Basler Chemikern Vetter und Wettstein verdanken, erlaubte, das Aldosteron — das für den Salzrückhalt bedeutendste Nebennierenhormon — zu erkennen und zu isolieren. Die zweite Entdeckung betrifft die Art, wie dieses Sekret eingesetzt werden kann; sie wurde gleichzeitig von vier Forschern gemacht, die Hunderte von Kilometern voneinander entfernt arbeiteten: von zwei Amerikanern, James Davis und John Laragh; der dritte, Jacques Genest, ist Kanadier und der vierte ein Schweizer, Franz Gross.

Lange Zeit blieben die einzelnen Wissenschaftler für sich in ihren Laboratorien, jede Entdeckung verband sich dann mit den Fähigkeiten eines einzelnen Mannes. Im 20. Jahrhundert, vor allem in der zweiten Hälfte, haben die Forscher ihre Isolation durchbrochen. Unermüdlich werden auf Kongressen, Versammlungen und Debatten Ideen ausgetauscht, neueste Resultate verglichen; das ist dank dem mühelosen Reisen innerhalb der Kontinente oder von einem Kontinent zum anderen möglich. Wettbewerbsdenken ist mit im Spiel, oft noch verstärkt durch die praktischen Auswirkungen der Entdeckungen. Die physiologische Erforschung des Aldosterons zeigt deutlich, wie diese neue internationale wissenschaftliche Zusammenarbeit funktioniert: Aus den Diskussionen ergeben sich mögliche, einzuschlagende Forschungsrichtungen, die Entdeckung wird so zu einem kollektiven Werk und Wagnis.

Was dieses Quartett von Wissenschaftlern gleichzeitig entdeckte, war das Signal, das durch einen Salzverlust ausgelöst wird, um die Aldosteronsekretion anzuregen. Das Salzdefizit wirkt nicht direkt auf die Drüsen, die es hervorbringen; es wird in der Niere von bestimmten Zellen wahrgenommen, die nahe am Nephroneneingang in den Wänden der Arteriolen liegen und ein besonderes Enzym, das Renin, abgeben. Dieses löst eine Reihe von chemischen Reaktionen aus, im Blut tritt ein Peptid auf, das Angiotensin, das, wie man heute weiß, zwei Hauptfunktionen hat:

— erstens regt es die Aldosteronproduktion in der Nebennierenrinde an;
— zweitens wirkt es gefäßverengend.

Offensichtlich vermag das Renin-Angiotensin-Aldosteron-System äußerst wirksam das Volumen des Zwischengewebes zu regeln: Die Wirkung des Aldosterons auf die Nieren hält vor allem das Salz zurück, und das Angiotensin, das die Arteriolen zusammenzieht, hilft, den Blutdruck konstant zu halten.
Ein Salzmangel ist klinisch erst erkennbar, wenn er von der Dauer und vor allem vom Ausmaß her die Regulierfähigkeit von Angiotensin und Aldosteron überfordert.
Seit Jahrhunderten haben die Menschen begriffen, daß Salz die heilsame Eigenschaft hat, gewisse Ermüdungserscheinungen zu beheben, doch erst reichlich spät in der Geschichte haben sie verstanden, wie man extreme Störungen beheben kann.
Wie so oft in der Medizin kann manchmal eine einzige Behandlung, vorausgesetzt sie ist dem Zustand des Patienten angemessen, die aussichtslosesten Situationen beheben, oft bevor eine weitere Verschlechterung eintritt.
Bei einem akuten Salzmangel ist die intravenöse Verabreichung einer Salzlösung angezeigt, die den Salzmangel präzis ausgleicht. Gewöhnlich reicht diese einfache Vorkehrung, um in wenigen Stunden die wichtigsten Lebensfunktionen wiederherzustellen: näm-

lich den Blutkreislauf und die Harnproduktion. Dank dieser Möglichkeit bestehen heute sehr viel bessere Aussichten bei Infektionskrankheiten, die früher äußerst gefährlich waren. Cholera ist diesbezüglich ein gutes Beispiel: Diese Plage ist uns noch in lebendiger Erinnerung, auch die großen Epidemien des 14. Jahrhunderts, denen in wenigen Jahren ein Viertel oder ein Drittel der Bevölkerung Europas zum Opfer fiel.

Eigentlich hätte man annehmen können, daß eine so einfache und folgerichtige Therapiemaßnahme wie der Ersatz des verlorenen Salzes als große Errungenschaft der Medizin gefeiert würde und daß sie als Mittel mindestens so alt sei wie der Aderlaß, wenn nicht gar wie Opium, Chinin oder Ginseng. Nichts von alledem. Zwar kennt man die Verordnung von Salz nicht erst seit gestern, doch bis vor dem Zweiten Weltkrieg erfolgte sie rein instinktiv, auf empirischem Weg. Erst dann erkannten die Ärzte die Wichtigkeit intravenös verabreichter Salzlösung, um den Patienten am Leben zu erhalten.

Was heute sehr einfach erscheint, ist eigentlich das Ergebnis einer langen Reihe von Entdeckungen und von methodischen Fortschritten. Erst war es nötig, daß man den Salzgehalt in den Körperflüssigkeiten bestimmen konnte und entdeckte, daß die Flüssigkeit des Zellzwischenraums eine hohe Konzentration aufwies. Auf dieser Grundlage konnte man erkennen, daß ein Salzverlust vor allem die Gefahr einer Kreislaufschwäche mit sich bringt. Auch die Erkenntnis, daß jeder Flüssigkeitsverlust des Organismus gleichzeitig Salzverlust ist, war von entscheidender Wichtigkeit. In seiner «Introduction à la médecine expérimentale» schlug Claude Bernard 1865 zum ersten Mal vor, das wissenschaftliche Vorgehen in der Medizin anzuwenden. Zuerst beschrieb er ein «inneres Milieu», das aufgrund einer Reihe von vermuteten, jedoch größtenteils nicht bekannten Regulierungen eine große Konstanz aufwies. Seither war ihm klar, daß jede Art von Abweichung sorgfältig untersucht, gemessen und ausgewertet werden muß. Aufgrund dieser Untersuchung soll eine Behandlung eingeleitet werden. «Medizin fängt notgedrungen in der Klinik an, denn diese gibt das medizinische Problem auf; so ist sie zwar das erste Studienfeld des Arztes, jedoch deshalb nicht unbedingt Grundlage der wissenschaftlichen Medizin. Die Physiologie liegt der wissenschaftlichen Medizin zugrunde, denn sie muß die Erklärung für die

krankhaften Erscheinungen geben und eine Beziehung zum Normalzustand herstellen.»
Verfolgt man geschichtlich, wie der akute Salzmangel erkannt und behandelt wurde, so erfährt man eine der lebendigsten Beschreibungen dieser gewissenhaften Auffassung von Medizin. Es ist leicht einzusehen, daß man schwerlich das Ausmaß eines schweren Salzverlustes erkennen und eine gezielte Behandlung festlegen kann, solange keine sachliche Analyse des Zustands des Patienten vorliegt.

Schwerwiegende Salzverluste können durch eine Niereninsuffizienz kompliziert werden, die soweit gehen kann, daß die Harnbildung gänzlich ausbleibt. Die künstliche Niere vermag heute diese Stoffwechselstörung zu beheben.

Häufig setzt die Nierenfunktion nicht endgültig aus, und die Nieren machen eine Spontanheilung, wenn das biologische Gleichgewicht des Patienten wiederhergestellt ist. Wird die künstliche Niere während einiger Tage oder Wochen eingesetzt, kann die Heilung der eigenen Niere ohne größere Schwierigkeiten erfolgen. Der Einsatz erfolgt heute routinemäßig, doch er bedingt mehr als andere Verfahren ein gründliches methodisches

Überdenken der Störung, die man behandeln will. In der ersten Hälfte unseres Jahrhunderts war Claude Bernard in der Medizin in Vergessenheit geraten. Gewiß war die Lage gerade in Frankreich ungünstiger als in andern Industrieländern. Neben dem durch Krieg und Besetzung bedingten Rückstand bestand ein anderes, ernstes Hindernis: Die praktische Ausübung der Medizin ohne Forschungsgrundlage war selbst in den berühmten Universitätszentren möglich und an der Tagesordnung. Wissenschaft und Medizin blieben zwei getrennte Bereiche.

Schon allein die Anwendung von verfeinerten Techniken in der medizinischen Praxis, brachte Entscheidendes im Neuaufbau der Nachkriegszeit. Und ähnlich verhielt es sich mit den lebenserhaltenden Methoden und der künstlichen Niere.

Eine ganze Generation von jungen, der wissenschaftlichen Medizin verpflichteten Ärzten wurde in den ersten Notfallstationen ausgebildet. Aus dem Studium der großen Störungen des inneren Milieus entstanden viele Forschungsansätze der heutigen Medizin. Erst ging es darum, die Nierenfunktion gründlich zu verstehen. Viele der nach neueren Methoden ausgebildeten Ärzte beschäftigten sich mit der Perfektionierung der Anwendung der künstlichen Niere und widmeten sich mehr der biologischen und medizinischen Technologie. Andere machten es sich zur Aufgabe, die Wechselwirkung zwischen Nierenfunktion und den Hormonen zu untersuchen.

Wohlstand, Überfluß und Abhängigkeit

In wenigen Jahrzehnten hat der Mensch die mit dem Salzmangel verbundenen Gefahren gebannt, die sein Leben während Jahrtausenden bedroht hatten. Die Biologie des Salzes und die folgerichtige Behandlung des Salzmangels wurden erst kürzlich entdeckt, doch schon lange waren die Methoden bekannt, um Salz in reichlichen Mengen zu beschaffen. Sämtliche Schwierigkeiten, die dem freien Salzkonsum im Wege standen, wurden nach und nach behoben: Der Sieg war endgültig, als die mechanischen Gewinnungsmethoden, die in unserem Jahrhundert erfunden wurden, die menschliche Arbeitskraft in den Salzgärten und den Minen ersetzten.
Die Bedrohung durch Salzmangel gehört nunmehr zu den düsteren Erinnerungen aus

alten Zeiten, heute ist das Salz, dessen Reichtum so lange verborgen blieb, zu einem gewöhnlichen Stoff geworden. Doch überall dort, wo der Abbau regelmäßig betrieben wurde, schien die tägliche Erfahrung Legenden, Traditionen und Lobreden zu bestätigen, die ihm außergewöhnliche Eigenschaften zuschrieben.

Der Mensch griff gierig nach dem Salz. Es erlaubte einerseits mindestens so gut wie die orientalischen Gewürze, nur viel billiger, den Geschmack der Speisen zu verstärken. Es förderte auch die Heilung von Brandwunden und anderen Hautverletzungen. Und vor allem gab es den Menschen die unerhörte und verblüffende Möglichkeit, die kalte Jahreszeit zu überbrücken, denn Fleisch, Fisch und Milchprodukte konnten über viele Monate unbeschadet gelagert werden, wenn sie gesalzen waren. Die Möglichkeit der Salzkonservierung beseitigte die Bedrohung des Winters endgültig, wo das Ernten wenn nicht gänzlich unmöglich, so doch eine unsichere Sache war. In der ganzen zivilisierten Welt gewöhnte sich der Mensch rasch an den Verzehr von großen Salzmengen. Bei so vielen bekannten guten Eigenschaften des Salzes kamen nicht die leisesten Zweifel auf an der Bekömmlichkeit dieses bald zur Gewohnheit gewordenen Konsums, nichts schien ernsthaft dagegen zu sprechen.

Man könnte annehmen, die Salzgier, die bei den zivilisierten Völkern heute so verbreitet ist, weise auf ein natürliches Bedürfnis hin. Zwei einfache Beispiele zeigen, daß dem nicht so ist:

Zum einen haben kleine Kinder keine besondere Neigung zu gesalzener Nahrung. Schon lange weiß man, daß das Salz, das man den Kleinen bei der Taufe auf die Zunge legt, mehr Grimassen und Geheul auslöst als Wohlbefinden. Eine neuere Studie, die auf Antrag der amerikanischen Ernährungsstiftung durchgeführt wurde, hat diese Beobachtung bestätigt: Bis zu 15 Jahren ziehen Kinder ohne Zögern eine wenig gesalzene Nahrung mit 0,29% Salz gegenüber den zehnmal stärker gesalzenen Speisen ihrer Eltern vor. Das heißt also, daß die großen Salzmengen, die früher in der künstlichen Kindernahrung vorhanden waren, von den Herstellern einzig zu dem Zweck beigemischt wurden, den Eltern zu schmecken!

Ein weiteres Beispiel stellen ethnische Gruppen dar, die von der Industriegesellschaft unberührt blieben und damit auch die «Salzgier» nicht kennen. Das trifft unter anderem auf die Eskimos zu, die in erheblicher Entfernung von den Salzanbaugebieten in Klimas leben, wo keine Salzgärten angelegt werden können. Diese Menschen haben seit jeher verstanden, daß die Kälte ihre Fische und das Rentierfleisch ebensogut konserviert wie das Salz. Den dänischen Forscher Stefansson beeindruckte ihre Lebensweise. Auf einer Forschungsreise in die nördlichen Gebiete Kanadas an der Küste der Baffin-Bai untersuchte er insbesondere ihren Geschmack, genauer ihren Salzappetit. Als er das Vertrauen von einigen Eskimostämmen gewonnen hatte, bot er ihnen Salz an. Zuerst lehnten sie es ab. Stefansson wiederholte seine Geste. Langsam veränderte sich die Haltung der Eskimos. Nach einigen Wochen des Vertrautwerdens wurde das Salz nicht mehr abgelehnt. Im weiteren Verlauf des Experiments wurde es nicht nur geduldet, die Eskimos verlangten sogar danach: Sie hatten sich so stark an den Salzgenuß gewöhnt, daß sie es nicht mehr missen wollten. Abhängigkeit hatte sich eingestellt. Der Salzhunger ist, wie am Anfang dieses Buches beschrieben, physiologisch bedingt und beruht auf den genetisch verankerten Erbanlagen der Landlebewesen. Es handelt sich um eine jäh auftretende Reaktion, die sich nur bei einer extremen biologischen Störung zeigt und sofort verschwindet, wenn der Salzmangel behoben ist.

Die durch Gewöhnung erworbene Salzgier, wie wir es bei den Eskimos gesehen haben, weist gerade umgekehrte Merkmale auf. Sie ist nicht spontan, sondern sie beruht auf einer äußeren Reizung und hat keine physiologische Grundlage.

Der heutige zivilisierte Mensch genießt Salz auf dieselbe Weise. Tradition, Mystizismus und auch ein echtes Bedürfnis haben zusammen die Salzgier geschaffen, ohne daß jedoch eine Lebensnotwendigkeit bestünde.

Viele Studien haben sich mit der Bedeutung dieser Überflußerscheinung befaßt. Bei einem Leben ohne größere physische Anstrengung benötigt man 0,5 bis 1 Gramm Salz pro Tag, 3 bis 5 Gramm Salz pro Tag decken den Bedarf bei einem sehr aktiven Leben vollkommen. Nun beträgt der mittlere Tageskonsum heute in Europa und Amerika 10 bis 15 Gramm, in Nordjapan sogar 40 Gramm. Es erstaunt nicht, daß ein solcher Mißbrauch schlimme Folgen hat.

In seinem Rausch hat der Mensch vergessen, daß das Salz zwei Gesichter hat: das eine verheißt Kraft und Glück, das andere geistiges und körperliches Elend.

Dieser zweite Aspekt wird im Alten Testament erwähnt. Weil man oft in der Wüste Salz findet, und weil allzu salzhaltige Meere wie das Tote Meer kein Leben beherbergen können, kann Salz auch strafen, ja töten. Salz ist auch ein Todesvorzeichen: «Der Herr verwandelte Blumen in Wüste, Quellen in ödes Land, fruchtbare Felder in Salzland», um die Bewohner zu strafen, droht der Psalm 106. Diese düstere Symbolik ist ähnlich stark auch in der Genesis enthalten, wo Gott Lots Weib straft, das zu stark an den weltlichen Gütern hängt: «Und die Sonne war aufgegangen auf Erden, da Lot in Zoar einkam. Da ließ der Herr Schwefel und Feuer regnen vom Himmel herab auf Sodom und Gomorrha. Und kehrte die Städte um und die ganze Gegend und alle Einwohner der Städte und was auf dem Lande gewachsen war. Und sein Weib sah hinter sich und ward zur Salzsäule.»

Offenbar haben die bretonischen Hexen diese biblische Warnung nicht vergessen. Sie mischen in einem Säcklein einige Salzkörner, Friedhofserde, reines Wachs, eine Spinne und Zwiebelhaut. Wer jemandem den Tod wünscht, muß dieses Säcklein neun Tage um den Hals tragen, es dann an einem Ort niederlegen, wo die besagte Person vorbeikommt. Wenn sie das Säcklein aufhebt und öffnet, wird sie in den nächsten zwölf Monaten sterben.

In seiner ganzen Geschichte — bis zu den letzten Jahren — hat der Mensch dieses versteckte Gesicht des Salzes nicht erkannt. Er hat nur die Oberfläche betrachtet, geglaubt, daß Salz Glück verheißt und sich gierig darauf gestürzt.

Nichts ist gefährlicher als ein mystisch verbrämtes Abenteuer: Leicht verliert man dabei die Vernunft und wird zum Zauberlehrling. Und nichts ist verletzlicher als eine von Hedonismus geleitete Suche. Die heiter begonnene Saga vom Salz endet in Qualen.

Die Salzgewinnung brachte arge soziale Ungerechtigkeiten. Schon 1760 klagte der große französische Mineraloge J. E. Guettard, daß die unerhörte Pracht einer Salzmine wie Wieliczka (die als erste zur Besichtigung geöffnet wurde) mit den Lichteffekten, tausendfach von den Kristallen reflektiert wie in einem echten Spiegelkabinett, lange Schauplatz des abscheulichsten menschlichen Elends gewesen sei, wo die Minenarbeiter ein schlimmes Dasein fristeten, da ihre Haut, Augen und Lungen ständig vom Salz zerfressen und verbrannt wurden.

In einem gewissen Sinne spaltete der Salzhandel die Gesellschaft. Einerseits waren da die Profiteure, die skrupellos Kriege anzettelten im Bestreben, ihre Macht zu vergrößern; andererseits die Unterdrückten, die ihre Rechte durch Aufstände verteidigen mußten.

Und als letzte, aber nicht weniger wichtige Folge: Der Salzüberfluß machte die Menschen krank. Ein wenig Salz braucht der Mensch für seine Gesundheit, zu viel führt zu einer ernsten Erkrankung, dem Bluthochdruck. Diese Vorgänge werden Inhalt der folgenden Seiten sein.

V

Glanz und Elend der Salzpolitik

Wie alle großen Tauschgeschäfte der Vorgeschichte und innerhalb der Geschichte begann der Salzhandel, als die Produktion der Salzgärten den Bedarf der umliegenden Bevölkerung überstieg.
Das Salz wurde dann über oft gewaltige Entfernungen auf die Märkte und zu den Kornkammern gebracht. Dies geschah über ein besonderes Handelsnetz, das in Europa wohlbekannt war und dessen erste Verbindungen schon sehr alt waren.
Für den Handel wurden Wege benutzt, die *viae salariae* der Römer, die im Mittelalter zu den Salzstraßen wurden. Sie führten fast immer zu Flüssen, denn der Wasserweg erwies sich bald als wirtschaftlicher und sicherer als der Landweg. Vom großen Becken von Marsal in Lothringen wurde das Salz über Seille nach Metz und von da über die Mosel nach Trier ins Rheinland gebracht. Ebenso wurde das Salz im Mittelalter vor der atlantischen

Küste von Schiffen auf Boote verladen und auf der Loire zu den großen Klöstern in Touraine und Anjou geschifft oder in die großen Städte Blaye, Bordeaux oder Libourne.
In der Regel wurden die Flüsse nur in einer Richtung als Salzwege befahren: Die Last- und Schleppkähne belud man auf der Rückfahrt mit anderen Gütern.
An den beiden Endpunkten der Salzstraße herrschte reger Betrieb, da wurde produziert und verkauft. Diese Städte hatten bald eine so große Bevölkerung, daß es die ersten Geographen als eine ihrer wichtigsten Aufgaben betrachteten, dort Volkszählungen vorzunehmen. In der bekannten britischen Gouger Map, die 1335 erstellt wurde, sind die Salzgärten von Droitwich erwähnt: «Hic fit sal.» (Hier wird Salz gemacht), ebenso in der Chorographia Lotharingiae aus dem Jahr 1513 finden wir die Bemerkung: «Ditissima plaga in sale et piscibus.» (Gegend mit sehr reichen Salz- und Fischvorkommen) bei den Städten Dieuse und Marsal; ferner trägt die Meereskarte der nordischen Länder, die 1539 von Olaus Magnus gezeichnet wurde, einen Hinweis auf die Salzgewinnung an den Ufern der Elbeinsel bei Lüneburg: «Hic fit candidissimu sal.» (Hier wird das weißeste Salz gemacht),

mit einer schematischen Darstellung der Salzsiederei. Und gleiches finden wir auf der Bayrischen Karte von 1568, wo sich Appian bemühte, «die Salzpfan im Spieghel der Zeevaerdt von 1584» darzustellen und auf der Lucas Jansz sorgfältigst die Rechtecke der Salzgärten von Ré, Oléron und Brouage einzeichnete.

Auch in allen späteren Karten waren solche Stellen verzeichnet, in der geometrischen Karte von Frankreich, die Cassini in der zweiten Hälfte des 18. Jahrhunderts zeichneten, oder in Detailzeichnungen wie der Karte der Kanäle von Bourgidou und Sauvercat, die 1660 von Colbert in Auftrag gegeben wurde, oder in den Karten der Salzgärten von Beaucaire, Aigues-Mortes und Peccaïs, die nach der Austrocknung der Salzsümpfe zwischen 1740 und 1748 aufeinander folgten.

Eigentlich bediente sich der Salzhandel vorwiegend des Seeweges. In unsern Breiten verband er in erster Linie über das Mittelmeer zahlreiche Produktionszentren (Ibiza auf den Balearen, Cagliari auf Sardinien, Chioggia bei Venedig, Grosseto in der Toskana, Le Languedoc, Le Roussillon, Hyères und Nizza) mit den wenigen Handelsplätzen, worunter Venedig und Genua die wichtigsten waren. Neben diesem Verkehrsweg im westlichen Mittelmeer verband ein anderer im Osten Venedig mit Kreta.

Im Atlantik entwickelte sich der Salzhandel eindeutig später, erst im 14. Jahrhundert. Er entstand bei einer Änderung der Fischereigewohnheiten: Der Heringfang war nun nicht mehr ausschließlich Sache von Schonen in Südschweden, gegen Westen hin dehnte er sich allmählich auch an den Küsten der Nordsee, des Ärmelkanals, an der Südküste Englands und der Normandie aus. Der Dorschfang, ursprünglich auf den hanseatischen Markt von Bergen in Norwegen beschränkt, breitete sich gleichermaßen und zur selben Zeit gegen Westen aus.

Die Ausweitung der Fischfanggebiete machte sich sehr bald in Form eines erhöhten Salzbedarfs für die Fischkonservierung bemerkbar. Dieser wurde durch die Salzgärten Westfrankreichs gedeckt, zuerst aus dem Golf von Bourgneuf, dann von Brouage und der portugiesischen Küste, welchen dieses Geschäft auch Wohlstand brachte.

Fast alle Mittelmeerhäfen hatten mit dem Salzhandel zu tun, doch Venedig stand an der Spitze. Seit dem 6. Jahrhundert trug er ganz entscheidend zum Aufbau der Republik bei, deren Grundpfeiler der Handel überhaupt war. Das Handelssystem, das sich dort allmählich entwickelt hatte, veränderte sich in den folgenden zwölf Jahrhunderten nur minim.

Venedig begann, seine eigenen Salzschätze auszuschöpfen, zuerst in Murano, dann in Chioggia im Süden der Lagune, das zunehmend wichtiger wurde, als die Stadt wuchs. Im 11. Jahrhundert lieferte Chioggia große Mengen von hervorragendem, sehr feinkörnigem weißem Salz — das Minutti-Salz —, das in den nahen Städten der Poebene, aber auch in den Städten der istrischen Küste sehr gefragt war. Das Salz aus Chioggia wurde auf den Märkten von Verona, Vicenza, Padua von ausgewählten Händlern verkauft, die vom Dogen anerkannt waren.

Einzig in Ferrara traten Schwierigkeiten auf, denn dort gelangte auch Salz aus Cervia in der Romagna auf den Markt.

1184 bedingte sich Venedig das Monopol für

den Verkauf des Chioggia-Salzes aus. Damit waren bereits zwei typische Merkmale des Salzhandels gesetzt: der Konkurrenzkampf und die rücksichtslosen Staatsinteressen.
Zwei Jahrhunderte lang herrschte Wohlstand. Am Anfang des 13. Jahrhunderts, ab 1209, ging die Produktion von Chioggia zusehends zurück, die Arbeiter verließen den Arbeitsort, wird in einem Dokument jener Zeit erklärt. Es scheint offensichtlich, daß dieser Niedergang eine langfristige, aber direkte Folge der Monopolisierung war. Ursprünglich ernteten die Salzarbeiter in Chioggia im Frühling und im Sommer ihren Rohstoff, im Herbst wurden sie zu fahrenden Händlern und brachten das Salz auf ihren Barken auf dem Flußweg ins Hinterland. Das Monopol von 1184 unterband diesen freien Salzverkauf. Das Salz mußte danach durch die Hände von besonderen Steuerpächtern, die das Regalrecht von der Republik käuflich erworben hatten: das Sigillum Salis. Diese hohe Abgabe drückte auf die Einkaufspreise, so daß das Einkommen der Salzarbeiter entsprechend zurückging.
Der Große Rat von Venedig konnte größere Einbußen in der Salzproduktion nicht dulden, denn das Salzmonopol war eine sehr

wichtige Steuerquelle. Da es ihm nicht gelang, den Salzabbau in Chioggia wieder anzukurbeln, entsandte er Schiffe überall dorthin, wo Salz im Mittelmeerraum angeboten wurde.
Die wichtigsten Vorkommen lagen in Cagliari auf Sardinien, auf Ibiza auf den Balearen, wegen dessen rotem Salz sich Venezianer und Genuesen in die Haare gerieten, in Ras-el-Mahbes südlich der Insel Djerba im Golf von Gabes, in Alexandrien und auf Zypern. Etwas näher lagen Korfu und Chiarenza am Eingang des Golfs von Korinth und in Italien selbst weiter südlich Cervia, wo Venedig die Käufer aus Ravenna kurzerhand ausschaltete.
Das importierte Salz war eindeutig von minderer Qualität als das Salz aus Chioggia; es wurde «grossi» — grob — genannt, wurde aber trotzdem auf allen von Venedig belieferten Märkten abgesetzt, in Friaul und in Cadorna, auf dem Weg nach Bünden, in der östlichen Poebene und in Mailand.
Im 16. Jahrhundert setzte Venedig 17 500 Tonnen Salz im Jahr um. Es behielt seine Bereicherungspolitik seit dem Beginn des Salzhandels ununterbrochen während drei Jahrhunderten bei. Der Erfolg war unbestritten, nicht nur innerhalb der Republik, auch gegenüber den andern Staaten.

Dank dem Salzhandel errang Venedig eine starke Stellung im Mittelmeerraum: Was Venedig kaufte, wurde für die Wirtschaft der Herstellerländer maßgeblich. Sie riefen Venedig auch gleich zu Hilfe, als Salzüberschüsse auftraten.

So sandte am 13. April 1309 der König von Mallorca dem venezianischen Dogen ein Schreiben und erlaubte den Venezianern, in sein Reich einzudringen «et spacialiter in Ibiza pro sale» (und in den ganzen Raum von Ibiza, um Salz zu suchen). Am 26. April desselben Jahres schreibt ein Bewohner von Ibiza dem Dogen persönlich und teilt ihm mit, auf Ibiza lagerten mehr als 20 000 Mundini unverkauftes Salz. Solche Angebote wurden trotz der zahlreichen Plünderungen und Raubzüge gemacht, die die Venezianer den Inselbewohnern beschert hatten.

Die Vormachtstellung von Venedig war hart erkämpft. Zum Beispiel waren die Salztransporte den Reedern und den Händlern nicht immer genehm: Die Auslastung war unregelmäßig und hing von der guten Witterung ab; zudem war auf den Fahrten größte Vorsicht geboten. Ob an Land oder auf See, das Salz mußte unbedingt vor jeglicher Feuchtigkeit geschützt werden, und es galt, ein wirtschaftliches Gefährt zu finden, das eine derart platzraubende und schwere Fracht transportieren konnte. Man konnte entweder mehrere kleine Kähne einsetzen, die zusammen ausliefen, oder große, geräumige Schiffe. Den Vorbehalten der Händler begegnete die Obrigkeit im 13. Jahrhundert mit einem Erlaß, wonach sämtliche nach Venedig zurückkehrenden Schiffe eine gewisse Menge Salz an Bord führen mußten. Diese Forderung der Republik bestand auch drei Jahrhunderte später noch: Ein Dekret des Zehnerrates vom Februar 1555 schreibt vor, daß sämtliche von Zypern kommenden Schiffe 40 «Moggia» Salz je 100 Fässer Ware nach Venedig zurückbringen müssen, mit anderen Worten, ein Drittel der Ladung mußte zwangsläufig Salz sein.

Venedig übte seine Macht auch im eigenen Land aus, vor allem um den Schwarzhandel einzudämmen, der an der istrischen Küste beachtliche Blüten trieb und sogar soweit ging, daß tasächlich, zum Beispiel in Pirano, geheime Salzgärten angelegt wurden.

Trotz dieser Konflikte brachten die — im wahrsten Sinne des Wortes — gesalzenen Gewinne von Venedig die Nachbarstädte dazu, diese Politik nachzuahmen, wenn auch mit einigen Jahrhunderten Verspätung. 1228 stieg Pisa mit einem Vorzugsabkommen mit Sardinien, wonach ihm ein jährlicher Verkauf von 3000 Tonnen zugesichert wurde, in den Salzhandel ein. Im 14. Jahrhundert gesellte sich auch Genua zu diesem Händlerkartell. Es hatte eine starke Stellung, denn es hatte Zugang zu den Gärten von Hyères, die damals jährlich zwischen 7000 und 10 000 Tonnen Salz abwarfen. Auch die Genuesen holten das Salz von weither, von Ibiza und aus Alexandrien, Zypern und Rumänien, welches sie über das Schwarze Meer erreichten. Im 16. Jahrhundert traten nach und nach die iberischen Salzgärten La Mata und Tortosa auf Ibiza an die Stelle von Hyères.

Die Genuesen waren Meister des Salztausches. Auf den Balearen wurde das Salz gegen Korn aus Kampanien getauscht. In Korsika diente es als Geldmittelersatz, in Kalabrien wurde es gegen Seide gehandelt. Genuas Wohlstand war gesichert, als es die inländischen Salzmärkte in der Lombardei und der Poebene erobert hatte. 1450 verkaufte Genua 4000 Tonnen Salz jährlich an Mailand, was einer täglichen Sendung von 100 mit Salz beladenen Maultieren entsprach!

Genua und Venedig hatten dasselbe Ziel; die

beiden Rivalenstädte sind im Salzgeschäft mit der gleichen Heftigkeit aufeinandergeprallt, wie im Gewürzhandel am Schwarzen Meer.

Das Salz der atlantischen Küste

Die ersten bretonischen Salzgärten entstanden rund um die Loiremündung: Im Süden im Golf von Bourgneuf, dann auf den nahen Inseln Boun und Noirmoutier bei Guérande.
Bis ins 13. Jahrhundert versorgten diese Salzgärten wie die norddeutschen, englischen und holländischen Salzwerke nur die nähere Umgebung. Es ist zweifellos auf die Verbreitung des Fischfangs in der hanseatischen Region zurückzuführen, daß in Hamburg als erster Hafenstadt das Salz zur Mangelware wurde und ab 1262 aus dem Golf von Bourgneuf eingeführt werden mußte: Dieses Salz nannte man dann «Baiensalz».
Ein Jahrhundert lang blieb dieser Austausch in einem bescheidenen Rahmen. Zwei parallel auftretende Erscheinungen brachten dann eine jähe Wendung: Die Salzproduktion in Nordeuropa war nicht mehr ausreichend, und es kamen andere Tauschgeschäfte auf.
In Nordeuropa ist die Ausbeutung von Salz-

sümpfen wegen des geringen Salzgehalts des Meeres, wegen der häufigen Niederschläge und des Sonnenmangels undenkbar. Sowohl die Salzsiederei in Südengland wie das Torfsoden in Holland oder der Salinenbergbau in Lüneburg vermochten mit ihrer mageren Ausbeute nur gerade den örtlichen Bedarf zu dekken. Da der Fischfang zugenommen hatte, erwies sich die nordische Salzproduktion als vollkommen unzureichend für die Konservierung großer Mengen von Heringen und Dorschen. Man mußte sich also andernorts umsehen und kam auf Bourgneuf, das die nächste und reichste Salzquelle war.

Eine andere, nicht ganz so offensichtliche Tatsache förderte den Salzhandel zusätzlich: Der Export von Waren und Korn aus gewissen Ostländern wie Preußen, Polen und Lettland. Diese Waren wurden auf Hanseschiffe verladen und erreichten die Märkte im Westen und im Süden über die Meerenge von Dänemark. Als Fracht für den Rückweg luden sie jeweils Baiensalz. Im baltischen Meer, der Nordsee und im Ärmelkanal war die Fracht auf dem Hinweg jeweils Holz, auf dem Rückweg Salz.

Zur vollen Entfaltung kam der Salzhandel im 15. Jahrhundert. Die Händler aus Lübeck, aus den Städten rund um die Zuidersee, aus London und aus den Häfen Südenglands schlossen sich den Hamburgern an. Der Hafen von Nantes bei Bourgneuf wurde bald zu einem großen internationalen Treffpunkt, wo sich vom Frühling an Schiffe aus der Bretagne, aus St. Malo, aus Großbritannien, Flandern, aus den Hansestädten und aus Holland drängten. Die Stadt entfaltete sich zu einer großen Metropole, belebt von Scharen von Leuten, deren Brotkorb der Salzhandel war: große und kleine Besitzer von Salzgärten, lokale Händler, Makler und Zwischenhändler, Hafenverkäufer, Hafenagenten für ausländische Einkäufer, Kapitäne und Schiffsbesatzungen. Im Jahre 1550 hatte der Hafen von Nantes 5000 bis 6000 Schiffe beherbergt welche die gewaltige Menge von 100 000 Tonnen Salz wegführten, eine Menge, wie sie im ganzen Salzgeschäft noch nie dagewesen war.

Gegen das Jahr 1660 begann man auch in der Saintonge Salz zu ernten. Die Salzgärten bei La Rochelle in Royan erwiesen sich als ergiebiger als diejenigen im Norden.

Ein so blühender Markt konnte die ebenfalls Salz abbauenden Nachbarländer nicht kalt lassen. Ab dem 15. Jahrhundert erhielt Frankreich mit Portugal eine ernsthafte Konkurrenz. Das bretonische Salz war preiswert: Es kostete nur die Hälfte des englischen oder des Lüneburger Salzes, doch es war oft unrein. Das «Vorzugssalz», wie man das weiße Kristallsalz nannte, war nicht im Überfluß vorhanden. Dagegen erhielt man ohne weiteres gefärbtes Salz, graues, schwarzes oder grünes, durchsetzt mit Partikeln der Erde des Beckengrundes, aus dem es gewonnen wurde. Das graue Salz gelangte nach Frankreich. Das schwarze Salz, das Kesselsalz, wie es die Salzarbeiter nannten, wurde meist nach Holland verschifft, weil sich die Holländer vorzüglich auf die Raffinierung verstanden. Das grüne Salz, das auch «Neufundlandsalz» hieß, erreichte die nordischen Häfen, wo es zur Konservierung von Heringen Verwendung fand. Der Konkurrenzkampf brachte unweigerlich Kritik an der französischen Salzqualität. Ende des 15. Jahrhunderts erwähnten die Kölner Salzbestimmungen das Lissaboner Salz und das Baiensalz noch als gleichwertig. Anfang des 16. Jahrhunderts jedoch kam es nicht selten vor, daß Fischer aus der Normandie, die zu den eben erst entdeckten Fanggründen in Neufundland unterwegs waren, einen Abstecher nach Aveiro, Lissabon oder

Setubal machten, um Salz zu laden. Und im 17. Jahrhundert gab man in England offen zu: «Das zerstoßene spanische und portugiesische Salz verfärbt Butter und Käse nicht so stark, es zieht auch weniger Saft und Feuchtigkeit und Geschmack aus Fleisch und Fisch als das französische Salz.»

Man gewöhnte sich im 16. Jahrhundert an, das französische Salz häufig mit Salz von der iberischen Halbinsel zu mischen. Wie Duhamel du Monceau in seinem «Traité général des pesches» 1772 schrieb: «Manchmal mischen die Holländer Brouage-Salz mit spanischem oder portugiesischem, und man ist sich einig, daß diese Mischung Wunder wirkt, sie ist besser als das reine Brouage-Salz, wenn die Fische fett oder ölig sind; es wird versichert, daß es den Holländern dank dieser Mischung gelingt, so schöne und gute Pökelkonserven zu machen.»

Offenbar war das portugiesische Salz wirklich besser und billiger als das französische. So war es nicht weiter verwunderlich, daß der portugiesische Handel den französischen ab der Mitte des 15. Jahrhunderts überflügelte und auf mehreren Absatzmärkten in Nordeuropa an erster Stelle stand.

Diese Entwicklung hatte noch andere

Gründe: Den Hundertjährigen Krieg und die Einführung der «Gabelle» — einer allgemeinen Salzsteuer in Frankreich —, dann vor allem seit Anfang des 16. Jahrhunderts den Aufschwung der portugiesischen Flotte im Zusammenhang mit den überseeischen Entdeckungen.

Paradoxerweise verhinderten jedoch gerade die Eroberungen in Afrika, Brasilien und im Fernen Osten, daß die Portugiesen ihre Überlegenheit endgültig beweisen konnten. Ihre Flotten und Seeleute waren mit der Suche nach den köstlichen Gütern dieser fernen Länder und deren Transport beschäftigt. Zahlreiche Schiffe fielen den Piraten und Korsaren zum Opfer. Neben den Portugiesen begannen sich unmerklich nach und nach ausländische Pächter und Schiffsleute breitzumachen, Händler aus den Hansestädten und Holland, aber auch solche aus der Bretagne und der Normandie.

Auch Auseinandersetzungen, wie sie zwischen Holland und Portugal anfangs des 17. Jahrhunderts ausgetragen wurden, beeinflußten Portugals Stellung im Salzhandel. Es trifft allerdings auch zu, daß andere Konflikte, zum Beispiel der Krieg zwischen Frankreich und Karl V. von 1521 bis 1559,

eher günstige Auswirkungen hatten. So stellte sich im Laufe der Jahrhunderte ein gewisser Ausgleich zwischen der französischen und der portugiesischen Produktion ein.
Frankreich konnte trotz einigen Schwankungen seine Spitzenstellung im europäischen Wettstreit halten und so der Prognose Genüge tun, die Bernard de Palissy in seinen «Discours admirables» machte: «Das Salz labt die Menschen ... Wieviel größer ist doch das Glück Frankreichs in diesem Bereich als dasjenige anderer Nationen.»

Die Entstehung von Ungleichheiten

Gegen Ende des Mittelalters kam das Salz an der französischen Ozeanküste vier Jahrhunderte lang all jenen zugute, die es verstanden, sich in der einen oder anderen Art am Salzhandel zu beteiligen. Verkäufer, Schiffsleute, Zwischenhändler von jedem Kaliber bereicherten sich daran. Der Kauf von Salzgärten wurde zu einer beliebten Kapitalanlage, damals eine der besten Möglichkeiten, ein Vermögen gewinnbringend anzulegen, das oft hart erspart worden war. Kleine Küstenfürsten, pensionierte Offiziere auf ihren Gütern,

bescheidene Landbesitzer, die früher von ihren Weinbergen gelebt hatten, Magistraten, Richter und Advokaten, alle möglichen Kaufleute, Salzhändler stürzten sich begierig auf die neuentdeckte Gottesgabe.
Es gab Tausende von kleinen Landbesitzern. Im 17. Jahrhundert waren es 350 auf der Insel Oléron, 270 in den Pfarrbezirken Brouage und Marennes, 179 im Pfarrbezirk von Ars. Daneben gab es allerdings auch Großgrundbesitzer, die sich nach dem Vorbild der großen Herrscher Europas riesige Flächen erwerben konnten. Viele stammten aus den großen Städten, aus Paris und Bordeaux vor allem, und konnten bei ihren Käufen auf politische Unterstützung zählen (viele waren Regierungsmitglieder).
Es heißt, Francesco Datini habe sich in Genua bereichert, indem er auf skrupellose Weise mit dem Salz spekulierte. Angefangen bei diesen ersten Betrügereien läßt sich eine lange Liste von Fällen unrechtmäßiger Bereicherung aufstellen. Das berühmteste Beispiel von der französischen Küste im 17. Jahrhundert ist gewiß die Familie Vallet aus der Saintonge, der es gelang, sich durch die Gewinne aus dem Salzhandel auf die höchsten Stufen des Bürgertums, ja sogar in den Adel zu erheben.

Pierre Vallet, der Begründer dieser Dynastie, war ein ehrgeiziger Salzhändler. Mit Hilfe der ortsansässigen Kaufleute sicherte er sich ein Exklusivrecht auf die bedeutendsten Salztransporte der Saintonge, auf dem Meer und auf dem Flußweg. Da er auch solche von Schiffsleuten fremder Nationen übernahm, konnte er gehörig Steuern hinterziehen. Um dies weiterhin zu erleichtern, verheiratete er seine Tochter mit einem Steuereinnehmer, Claude Testu, der die Salzrechte für den Fürsten von Conti einzutreiben hatte. Mit Geldmitteln und durch den Erwerb von Adelstiteln wurden seine beiden Söhne Pierre und Nicolas Vallet zu den mächtigsten Salzhändlern der Charente: Pierre Vallet de Salignac und Nicolas Vallet de la Touche. Sie unterhielten besonders enge Beziehungen zu den Generalpächtern, die ihnen aus Wohlwollen oder vielleicht aus Profitgier den Einkauf und den Transport des Regalsalzes überließen. Um dieses außergewöhnliche Monopol zu festigen, heiratete Vallet de Salignac 1737 eine gewisse Marie-Jeanne Volland, die Schwester der Lebensgefährtin von Diderot, doch in erster Linie die Tochter des Oberintendanten der «Gabelle»; und er nannte sich alsdann «Junker, königlicher Rat, ordentlicher

Kriegsaufseher». 1741 erklomm er zwei weitere Sprossen auf der sozialen Karriereleiter, als er das Amt des obersten Gerichtsschreibers des Präsidialgerichts von Saintes kaufte und dann mit dem Erwerb der Grafschaft jenes von Mons bei Royan. 1789 stand sein Sohn auf seiten des Adels, und seine Tochter heiratete einen Edelmann aus Poitou. Noch besser stellte sich Nicolas Vallet de la Touche, der Bruder von Pierre, an. 1774 erstand er von der Gräfin von Saxen die Hälfte der bedeutenden Grafschaft Marennes, die er mit Eugen von Savoyen teilte. Er hatte sich 1729 mit der Pariserin Françoise-Thérèse Fontaine, Tochter eines Marinekommissars und Enkelin des Schauspielers Dancourt vermählt; sie verließ ihn allerdings, um mit Lord Kingston zu leben. Der Sohn aus dieser Verbindung mußte an der erstaunlichen Karriere der Vallet weiterbauen und wurde mit der Dame Dupin de Francueil vermählt, die 1799 das Schloß von Chenonceau erbte, das lange Zeit Familienbesitz blieb.
Viele Bürger bereicherten sich am Salzgeschäft. Es war auch, wie wir noch sehen werden, einigen anderen Gesellschaftsschichten äußerst dienlich, so dem Klerus, dem Adel und den politischen Führern. Auch die

«Gabelle»-Pächter kamen zu Reichtum, dies sieht man deutlich am prunkvollen Bau des Hôtel Salé im Quartier le Marais in Paris. Einer der bedeutendsten Architekten erstellte es 1656 für den «Gabelle»-Pächter Pierre Aubert de Fontenay.
Allerdings lebten in dieser Gesellschaft, in der der Salzhandel ein so großes Gewicht gewonnen hatte, nicht alle Leute in eitel Freude. Neben den Reichen, den Händlern, den Schiffs- und Salzgartenbesitzern, den Wiederverkäufern und den großen Steuereinnehmern lebte eine viel größere Zahl von Armen. Zu diesen Kleinen gehörten Matrosen, Seeleute, Abmesser, Träger, kleine Beamte im Salzgeschäft (Verwalter und kleine Steuereintreiber) und die Salzarbeiter, deren Not erdrückend war. Die Salzarbeiter, die die Salzgärten unterhalten und das Salz ernten mußten, hatten ein mühseliges und ungewisses Los, ständig den Launen des Wetters und der Besitzer ausgesetzt.
Es galt, das ganze Jahr über umsichtig zu arbeiten: Wenn der Herbst, also das Ende der Saison nahte, mußte man das unverkaufte Salz schützen, indem man es sorgfältig mit Stroh, Seetang und dann mit Lehm abdeckte, damit es nach dem Winter wieder verwendbar

war. Doch die Hauptarbeit mußten die Salzarbeiter während der kurzen Sommermonate leisten; da die Arbeitszeit von der Witterung abhing, war sie unregelmäßig, denn um eine gute Ernte zu erhalten, mußte man sehr fein und schnell den Wasserkreislauf in den Bekken regulieren. Wenn das Wetter plötzlich umschlug und nicht wie erwartet verlief, war alles verloren. Nach Regenfällen mußten die Becken neu gefüllt werden, nach heftigen Winden die mit Staub verschmutzten Salzhaufen gewaschen werden, was eine Mengeneinbuße zur Folge hatte. Und schließlich waren nach starker Hitze, die die Beckenböden rissig machte, umfangreiche Planierungsarbeiten nötig. Und auch der Salzverkauf war eine unsichere Sache, denn er hing genauso von den Launen des Wetters ab, das sowohl die Ernte wie die Fahrten der Einkäuferschiffe beeinträchtigen konnte. Die Arbeiterlöhne, die die Besitzer erst nach dem Salzverkauf entrichteten, waren ungewiß und stets abhängig von der schwankenden Nachfrage und den Hausse-Strategien der Besitzer.
«Wenn der Besitzer auf einen Preisaufschwung warten will, muß der Salzarbeiter ebenfalls zuwarten», liest man in Berichten des 17. Jahrhunderts.

Der Salzarbeiter war eigentlich nur ein Halbpächter, der der Willkür des Meisters ausgesetzt war, welcher ihn je nach Lust und Laune entlassen konnte. Nur die «verbrieften Salzarbeiter» hatten, eigentlich dank einem Schreiben, doch in Wirklichkeit meist aus Gewohnheit, die Zusicherung, daß sie das ganze Leben in den ihnen unterstellten Salzgärten arbeiten und dieses Recht an ihre Kinder weitergeben konnten. Allerdings gab es nur wenige glückliche Inhaber dieses Briefes. Die andern versuchten, mit ihrer unsicheren Existenz fertigzuwerden, indem sie die hohen Böschungen der Salzgärten, die «bossis», bepflanzten und von dem lebten, was der Fischfang und die Austernzucht hergaben.
Noch elender als den Salzarbeitern erging es den Schleppern, die das Salz zu den Lastkähnen führten, welche durch die Verbindungskanäle zwischen den einzelnen Becken so tief wie möglich ins Landesinnere eindrangen. Ihre mühselige Arbeit bestand im Laden und Abladen der Zugpferde, die sie zu diesem Zweck gemietet hatten. Ihr Lohn war kärglich, sie arbeiteten im Akkord, wobei ihnen ihre Kinder an die Hand gingen.

Die Regierungen hatten rasch begriffen, daß der Salzabbau eine einträgliche Quelle für die Staatsfinanzen darstellte. Man brauchte nur den Salzverkauf zu besteuern oder sich das Handelsmonopol zu sichern.
Diese Praktiken wurden offenbar zuerst in China angewandt. Der Kaiser Yü, der zwischen 2205 und 2197 v. Chr. lebte, bestimmte, daß sein Hof unentgeltlich mit Salz aus der Provinz Xantung versorgt werde. Im 6. Jahrhundert v. Chr, machte Kuang Chung, der die Staatsmacht von Chi stärken wollte, den Salzhandel zu einem kaiserlichen Monopol. Die folgenden Dynastien Chin und Han behielten diese Einrichtung bei, um ihre Kriege und öffentliche Bauten zu finanzieren. Und ebenfalls vor unserer Zeitrechnung, im Jahr 117 v. Chr., wurde auch der Eisenhandel mit einer Gebühr belegt, die für die Ausstattung der Heere verwendet wurde, damit Hunnen und andere nomadisierende Völker von der chinesischen Grenze ferngehalten werden konnten. Damals erhob sich in China ein Sturm der Auflehnung. Es brach ein harter Zwist zwischen der Regierung und den Weisen aus, die vom Kaiser zur Beratung beige-

zogen wurden. Umfassend berichtet Huan K'uan im Yantie Lun, «Der große Streit um Salz und Eisen», von diesen Ereignissen.
Einerseits verlangen der Kaiser Chou und seine Regierung zusätzliche Steuern, um die nötigen Mittel für die Erhaltung Chinas mit Sicherheit beizubringen. «Die verrückten, dreisten Hunnen haben sich erlaubt, unsere Grenzen zu überschreiten und bringen Krieg bis ins Herz des Landes ... Unter diesen Umständen wäre es verbrecherisch, das Handelsmonopol auf dem Eisen und dem Salz abschaffen zu wollen und unsere Strategie zu untergraben, nur weil gewisse Herren die Militärauslagen zu hoch finden und die tragische Lage an den Grenzen mißachten.» Auf der anderen Seite des großen Ratsaals im Kaiserpalast sprachen die Weisen mit Konfuzius: «Mit einem so blinden Rezept kann kein Staat gerettet werden, indem man vorzüglich die Schwachen schlägt und den Aufschwung der arbeitenden Masse niederdrückt, während die wohlhabenden Familien vom Salzhandelsmonopol profitieren und in Überfluß leben. Das Wohl des Landes beruht viel mehr auf der Arbeit des Volkes als auf dem Wohlstand einiger Mandarine.»
Dieser klare und großzügige Rat, der immer

wieder wiederholt wurde, blieb unbeachtet: Sowohl in China, wo das staatliche Salzmonopol mit der T'ang-Dynastie im 9. Jahrhundert n. Chr. wieder eingeführt wurde und bis ins 20. Jahrhundert erhalten blieb wie anderswo, denn der Reihe nach waren sämtliche Regierungen China auf diesem Weg des geringsten Widerstands gefolgt.

Vorab waren das Syrien und Ägypten. Dann folgte Rom, als die Besitzer der Salzsümpfe von Ostia 506 v. Chr. den Salzpreis plötzlich heraufsetzten; damals errichtete die römische Regierung ein Salzmonopol. Drei Jahrhunderte später kamen noch weitere schwere Steuern hinzu zur Finanzierung des Zweiten Punischen Krieges, und es wurde ein besonderer Beamtenstand geschaffen, um die Salzsteuer einzutreiben. Dieses System setzte sich nach und nach auch in verschiedenen anderen Ländern des mittelalterlichen Europas durch. Doch nirgends war die Salzsteuer so langlebig und drückend wie in Frankreich, wo sie härteste soziale Folgen nach sich zog. Den Anfang hatten die Kapetinger gemacht. Der ungestüme Karl, Graf von Anjou und der Provence und jüngster Sohn Ludwigs VIII. sowie Bruder Ludwigs des Heiligen, brauchte dringend Geld, denn er wollte römischer Se-

nator werden, König beider Sizilien und war Anwärter auf den Thron in Jerusalem und das römische Kaiserreich in Konstantinopel. Die Einführung der Salzsteuer in der Provence erlaubte ihm, seine Kriegszüge gegen das Königreich Neapel zu finanzieren. Sein Neffe Philipp III. kaufte die ausgedehnten Salzgärten von Peccais, westlich der Rhonemündung: Sein Sohn Philipp der Schöne, den das System überzeugte, führte schon 1317 eine Salzsteuer im gesamten Königreich ein. 1341 wurde dieser Beschluß endgültig und war als «Gabelle» bekannt, eine lautliche Abwandlung vom arabischen «al-qabala», die Steuer.
Nie hatte eine Regierung Schwierigeres zu lösen als diejenige von Ludwig XIV., um für Freuden und Ruhm, Siege und Niederlagen ihres Königs aufzukommen. Im Jahr 1680, kurz vor Colberts Tod, war das Defizit so groß, daß die «Grande Ordonnance» erlassen wurde, die eine neue Handhabung der «Gabelle» einführte, nämlich daß Eigenarten und Geschichte der einzelnen Provinzen berücksichtigt wurden. Allen Gebieten, die einen leichten Zugang zum Atlantiksalz hatten, wurde die «Grande Gabelle» auferlegt: Anjou, Touraine, le Maine, le Perche, Orléans,

le Berry, das Bourbonenland, Île de France und Picardie.

Diese Gebiete, die «Grand Party», wurden rücksichtslos mit der «Grande Gabelle» besteuert, bei der jedermann über 8 Jahre gezwungen war, in gewissen von der Regierung bestimmten Abständen, eine vom Generalkontrolleur vorgeschriebene Menge Salz zu kaufen, deren Preis eng mit dem Finanzbedarf des Königshauses zusammenhing. Wenn das Geld knapp war, stieg der Salzpreis. Ein Familienoberhaupt, das für alle in seinem Haus lebenden Personen aufkommen mußte, war also gezwungen, im Jahr ein «Minot» (etwa 100 Pfund) Salz für 14 Personen zu kaufen für «den Topf und den Tisch», große Pökelungen wurden gesondert behandelt.

Im Südosten bei den Salzsümpfen der Provence lag das Gebiet der kleinen «Gabelle», hier war der Salzpreis um die Hälfte geringer. Ein Viertel betrug er in der Normandie, der Gegend des «quart-bouillon», wo man die Meerwassersiederei anwandte.

Die nördlichen Landstriche, die keine Salzgärten hatten — Bretagne, Boulonne, Calais, Artois, Flandern, Hennegau — waren losgekaufte Länder, die sich wieder an das französische Königreich anschlossen, unter der Bedingung, daß ihnen die «Gabelle» erlassen wurde. In der Freigrafschaft und in Lothringen, die zum ehemaligen Burgunderreich gehörten und reiche Salzvorkommen besaßen, war die Gabelle unterschiedlich wichtig und im großen Ganzen nicht sehr verbindlich. Wegen der Unterschiede in den Provinzgrößen und der Bevölkerungsdichte sah es jedoch so aus, daß die meisten Franzosen — ⅔ etwa — der großen «Gabelle» unterlagen, nur 15 % mußten keine Steuer entrichten.

Während des ganzen 18. Jahrhunderts wurde die «Gabelle» beibehalten, obwohl sie viele Probleme schuf und ihre Anwendung viel Unfrieden im Land stiftete. Sie entsprach etwa der Hälfte der Einnahmen der Generalpacht des französischen Reiches. 1781 riet Necker Ludwig XVI., wie damals beim chinesischen Streit der große Beirat San Hongyang dem Kaiser Chou, diese Steuer trotz der lauten Proteste des Volkes beizubehalten, denn sie «trug Seiner Majestät soviel ein wie die Steuer auf dem gesamten Grundbesitz des Reiches». Die Revolutionsregierung schaffte 1790 die «Gabelle» ab und genügte so einer der dringendsten Forderungen des französischen Volkes. Eine neue Salzsteuer, allerdings weit gemäßigter, wurde 1805 eingeführt, um die

kaiserlichen Kriege zu finanzieren; die französische Regierung war erst 1945 imstande, die Salzsteuer endgültig abzuschaffen.
Die Salzsteuer war aber nicht eine ausschließlich französische Angelegenheit. Alle europäischen Länder bedienten sich ihrer in irgendeiner Form. In Spanien erließ das kastilische Königshaus Salzregalrechte bereits im Jahr 1348 und setzte sie rücksichtslos durch. Die Hochwürdigen Ferdinand und Isabelle ließen es sich trotz ihrem strenggläubigen Katholizismus nicht nehmen, 1494 Sünder gegen die Salzgesetze zum Tode zu verurteilen, indem sie sie grausam den königlichen Scharfschützen überließen. Auch in der verwickelten Geschichte der germanischen Länder tauchte die Salzsteuer sehr früh auf, vor allem für das Salz aus den Salzquellen, denn das Meersalz war damals dort noch praktisch unbekannt. Zum ersten Mal trifft man sie 1064, als der Kaiser des Heiligen Römischen Reiches, Heinrich IV., ein Drittel des Ertrags der Saline Kloster Sulze für sich beanspruchte. Dieses Beispiel wurde wiederholt nachgeahmt. Im Jahr 1300 eignete sich der Fürst von Kurhessen den größten Teil der Saline von Sooden an. Und 1509 dekretierte der bayrische Fürst das Monopol auf Reichenhall. Systema-

tisch wurde in Sachsen und Preußen im 18. Jahrhundert ein Salzregal aufgebaut. Im folgenden Jahrhundert wurde eine Steinsalzader im unabhängigen Land Wimpfen, im Neckartal entdeckt; die umliegenden Länder Baden und Württemberg, die sich eigentlich über diese nahe Quelle hätten freuen können, sicherten sich das Monopol auf diesem Handel durch militärische Gewalt. Immerhin blieb die Salzsteuer in den deutschen Provinzen in einem erträglichen Rahmen: Diese milde Haltung war offensichtlich darauf zurückzuführen, daß viele leicht zugängliche Salzquellen und Salzadern gefunden wurden, was langsam den Salzwert senkte. Endgültig wurde die Salzsteuer in Deutschland im Jahr 1868 abgeschafft.

Zwei europäische Staaten, Rußland und England, kamen lange Zeit ohne Salzsteuer aus, doch ganz konnten auch sie sie nicht umgehen; Zar Peter der Große führte sie in Rußland gegen 1700 ein, der britische Hof 1694, allerdings blieb das schottische Salz aus Tyne davon verschont. 1707 erschien eine wichtige Schrift, die im Parlament heftige Auseinandersetzungen heraufbeschwor. Die Ungerechtigkeit war dem englischen Volk nicht entgangen und rief gewisse Unruhen hervor.

Die Regierung war schließlich all dieser Umtriebe müde und hob die Steuer 1823 auf, um so mehr als das Minensalz ohnehin schon zu sehr niedrigen Preisen erhältlich war.
Auch die außereuropäischen Regierungen bedienten sich der Salzsteuer. Manchmal ohne größere Folgen wie in den Vereinigten Staaten, manchmal mit unabsehbaren Rückwirkungen wie in Indien. In den USA wurde die Salzsteuer 1797 eingeführt und wurde ebenfalls für Kriegsauslagen verwendet. Sie wurde von Thomas Jefferson abgeschafft, doch 1814 für dieselben Zwecke wieder eingeführt. Gewisse Staaten führten ihrer liberalen Politik ungeachtet zusätzlich zur Bundessteuer ihre eigene Besteuerung ein. So benützte der Staat New York die Salzsteuer, um den Bau des Erie-Kanals zu finanzieren und beanspruchte überdies das Monopol auf den Salinen von Onondaga, das erst 1908 aufgehoben wurde; dies war eine sichere, konstante Einnahmequelle.
In Indien stand die Salzsteuer offensichtlich in einer uralten Tradition. Auf jeden Fall wurde sie von den Engländern eingezogen, die 1766 der East India Company, die in ihren Händen war, das Salzmonopol übertrugen. Der Subkontinent Indien verfügt über reiche

und hervorragende Salzvorkommen, doch die Inder hielten die Gewinnung für zu aufwendig und zogen das Salz aus der Salpeterindustrie vor, obwohl seine Qualität äußerst schlecht ist. Es gab zwei Sorten: Das eine kam aus Puckwah und enthielt bloß 75 % Natriumchlorid, was gerade für das Vieh ausreicht; das schlechtere stammte aus Phool Karee und war ein übles Marktsalz, das vorwiegend aus Natriumsulfat bestand.

Die Engländer erkannten in dieser Marktlage eine großartige Gelegenheit zur Entfaltung ihres eigenen Handels. Man brauchte einfach das indische Salz, das nach Aussagen im indischen Parlament «mehr der Erde als dem Salz gleicht», durch ein Produkt zu ersetzen, das seinen Namen verdiente, wohlverstanden, englischer Herkunft. 1840 waren etwa 12% des Salzes, das die East India Company in Bengalen vertrieb, englischer Herkunft, und 20 Jahre später betrug der Marktanteil des englischen Salzes 80%. Diese Lage führte zu wiederholten Vorstößen der Führungskräfte des indischen Handels. 1930 kam es zu einem besonders heftigen Protest seitens des Verbandes der indischen Handelskammern und der Industrie. Gandhi griff den gleichen Vorwurf in einer im selben Jahr erschienen Schrift wieder auf und wendete sich offen gegen den Imperialismus der Engländer. Auch hier hatte das Salz eine katalysierende Wirkung für politische Auseinandersetzungen, es spielte eine Rolle bei der Volksbewegung, die zu Indiens Unabhängigkeit führte.

Wirbel und Tragödien

Unser Universum wird von zwei gegensätzlichen Kräften bewegt, dem Yin und dem Yang, wie die chinesischen Philosophen vor mehreren tausend Jahren erkannten. Der Mensch ist diesen dualistischen Kräften ausgesetzt, die ihn Zustände des Glücks und des Unglücks erfahren lassen. Die Geschichte des Salzes zeigt uns diese Qual, diese schwierige Suche nach dem richtigen Gleichgewicht sehr eindrücklich. Mit dem Raubbau an dem eigentlich wertvollen und gesundheitlich wichtigen Stoff Salz schuf man einen Überfluß, der sich gegen den Menschen wandte. Es folgen einige der weniger glücklichen Beispiele dieser Geschichte:

In Siena entstand 1355 für einige Jahre eine demokratische Regierung: Nur die Reichen mußten Salz kaufen, die Armen waren dieser

Verpflichtung enthoben. Diese kurze Zeit sozialer Gerechtigkeit, die in der europäischen Geschichte einmalig ist, folgte auf eine autokratische Herrschaft, unter der alle Bürger ungeachtet ihres Vermögens gleich viel Salz kaufen mußten. Das Salz gab also Anlaß zu schreienden Ungerechtigkeiten: Die unteren Schichten wurden bestraft, die Reichen hatten Privilegien. Zu diesen Privilegierten gehörten auch die Kirchenleute. Während etwa 500 Jahren versorgten die weltlichen Fürsten die Kirche mit Salz, vor allem die Klöster, die für die Viehzucht einen großen Salzbedarf hatten. Die Zisterzienserklöster erhielten offensichtlich besondere Zuwendungen. Die Fürsten hofften, sich damit ihr Seelenheil zu erkaufen. Andere Privilegierte, der Adel zum Beispiel, konnten oftmals erreichen, vom königlichen Salzmonopol ausgenommen zu werden und zogen so große Gewinne aus dem Steuerbetrug und dem Handel.

Im allgemeinen benützten die Regierungen, vor allem die französischen, die Salzsteuer ausgiebig für ihre Zwecke. Sie konnte leicht erhöht werden, je nach den anfallenden Bedürfnissen im In- oder im Ausland. Oft diente das Salz zur Deckung von Darlehen, und viele Pensionsgelder für hohe Beamte, ja für ganze Regierungen, Fürsten und fremde Lehnsherren bezog man aus dem Salz. 1504 ordnete zum Beispiel der König von Polen, Alexander Jagellon, an, die Salzpächter von Wieliczka und Bochnia müßten aus den Einkünften aus dem Salzmonopol die Darlehen zurückzahlen, die er bei der ungarischen Gräfin Marguerite von Zathor eingeholt hatte. Offizierslöhne wurden oft aus den Salzgebühren bestritten. Und gewisse Schwierigkeiten zwischen Frankreich und Savoyen entstanden, weil Ludwig XI. oder Franz I. gezwungen waren, die «Gabelle» heraufzusetzen, um die Offiziere auszuzeichnen.

Solche krassen Vorrechte konnten die Benachteiligten nicht lange gleichgültig lassen. In den Städten kam es zu Tumulten: Im 13. Jahrhundert erhob sich das Volk von Marseille gegen das Kloster Saint-Victor, dem es Salz lieferte. Doch am aufgebrachtesten waren die Bauern, denn das Salz war einer der wenigen Stoffe, die sie kaufen oder eintauschen mußten. Ihr Zorn wuchs rasch angesichts der Mißbräuche und der Unzulänglichkeiten der «Gabelle» in Frankreich.

Die Direktoren, Generaleinnehmer, Händler, Schützen, die von den Generalaufsehern für die Durchsetzung der «Gabelle» eingesetzt wurden, waren zu Colberts Zeiten oft Nichtsnutze und Müßiggänger, die in ihrem Amt als «Gabelous» die Gelegenheit witterten, ein bequemes Leben zu führen. Für ihre Einstellung schienen keine ernsthaften Auswahlkriterien zu bestehen, und diese meist recht feigen Leute wurden von einem Tag auf den andern wichtige Steuereinnehmer mit weitgehenden Kompetenzen und konnten oft sogar unter dem Schutz der königlichen Straffreiheit und des Heeres Gewalt anwenden und Mißbräuche treiben. Einer der verbreitetsten Mißbräuche war eine Art «Gabelle» auf Kredit: Die «Gabelous» schwätzten sie den Bauern auf, beklagten sich dann über die schleppende Rückzahlung und plünderten aufgrund der Schuldscheine die Habe der Bauern.

Betrügereien fanden auch bei den Detailhändlern statt, die alle möglichen Schwindeleien ersannen, das Maß nicht füllten oder das Salz schwerer machten, indem sie es befeuchteten oder Erde oder verkohltes Brot daruntermischten. Die Preisunterschiede zwischen den verschiedenen Gegenden, die Geldgier der Verkäufer und das wachsende Elend im Volk führten immer wieder zu Betrügereien. Eine Verordnung von Colbert bestimmte die Strafen, die die Betrüger zu gewärtigen hatten; bewaffneter Schwarzhandel hatte Todesstrafe zur Folge, leichter Schwarzhandel war durch Zuchthaus zu verbüßen. Während des ganzen 18. Jahrhunderts war fast ein Drittel der königlichen Gefängnisse in Frankreich von Salzschmugglern besetzt.

Aber alles umsonst: Falsche Salzarbeiter oder falsche «Gabelous» traten in Scharen auf. Überall, vor allem der Picardie, im Bourbonenland und der Touraine bildeten sich Banden von falschen, bewaffneten Salzarbeitern aus Bauern, armen Adeligen und vor allem Soldaten, die sich damit die Langeweile ihres Winterquartiers vertrieben. Sie plünderten die königlichen Lager oder brachten falsches Salz in den Handel. 1709 kamen in der Touraine Kavalleristen von drei Regimentern mit 55 Pferden an, die solches Schmuggelsalz mitführten, die niedrigen Offiziere verbündeten sich mit den Soldaten. Heftigste Kämpfe entbrannten zwischen diesen Banden von falschen Salzarbeitern und den «Gabelle»-Schützen. Oft schritt sogar das königliche Heer ein; die Schwarzhändler brachte man ins Gefängnis, auf Galeeren, ja sogar an den Galgen.

Doch alles war vergeblich, ähnliche Vorkommnisse wiederholten sich immer wieder

im ganzen Königreich. Der Preisaufschlag wegen des Steuerdruckes (in La Rochelle war der Salzpreis bis zu 160mal höher als bei den Salzgärten) verbreitete allmählich Ungewißheit und Angst im ganzen Land. Eine radikale Änderung war unumgänglich; es läßt sich daraus schließen, daß das Salz bis zu einem gewissen Grad zur Auslösung der Französischen Revolution beitrug.
Mit den Salzeinkünften konnten Kriege geführt werden. Oft wurden Soldaten und Söldner daraus entlöhnt, oft verlangten diese sogar Salz anstelle eines Entgelts. Die «Condottieri» im mittelalterlichen Italien zogen nur dann in den Krieg, wenn man ihnen zusicherte, daß sie frei mit Salz versorgt würden. Lange Zeit ließen sich die Schweizer Söldner in grobem Salz entschädigen, das sie für die Viehaufzucht in den Alpen benötigten, wo das Salz Mangelware war. Im 16. und im 17. Jahrhundert war der Handel sauber geregelt: «Kein Salz, kein Schweizer», und die königlichen Botschafter hatten den Auftrag, für eine gute Salzversorgung des Schweizer Heeres besorgt zu sein, das für den französischen König in den Kampf gezogen war. Noch andere Kriegsauslagen wurden aus dem Salzerlös gedeckt: Waffenkäufe natürlich,

doch auch Verteidigungsbauten, Befestigungen. Es steht fest, daß die Befestigung von Avignon im 14. Jahrhundert und die Mauern von Auxerre, die während des Hundertjährigen Krieges gebaut wurden, weitgehend aus der Salzsteuer finanziert wurden.
Und nicht zuletzt war der Salzhandel ganz direkt für Konflikte verantwortlich. Ihm verdanken die Produktionsländer und die Marktplätze ihre Macht. Es kamen Hegemonieansprüche auf, die bei den weniger begünstigten Nachbarn Neid hervorriefen. So zankten sich im mittelalterlichen Italien Ravenna und Ferrara um die Salzgärten von Cervia: Sieger war dann Ferrara, das im 13. Jahrhundert von Venedig entthront wurde. Später war der Reichtum Venedigs — wo man das Salz «den Nerv der Republik» nannte, während die «Zeughäuser das Herz» waren — den Türken ein Dorn im Auge und sie griffen die Stadt während des ganzen 16. Jahrhunderts immer wieder an.

So wurde das Salz hoch geschätzt von den Regierungen, denen es angenehme und regelmäßige Einnahmen sicherte —, und verachtet von den Opfern der Steuermißbräuche und der Ungerechtigkeiten. Salz bekam im Rahmen der Staatspolitik und im Leben der einzelnen eine Bedeutung, die man mit derjenigen des Erdöls heute vergleichen kann.
Allerdings traten ab dem 19. Jahrhundert verschiedene Ereignisse ein, die zusammen die Wichtigkeit des Salzes und sein hohes Ansehen ganz entscheidend schrumpfen ließen. Vor allem wurde das Salz durch die Entdekkung neuer Vorkommen für fast alle Nationen frei verfügbar. Zudem hatten sich die Abbaumethoden für Steinsalz erheblich verbessert, weil neue mechanische Verfahren eingesetzt wurden. Und schließlich ersetzten billigere und raschere Landtransporte die Meerverschiffung.
In Frankreich war der Ausbau des Eisenbahnnetzes, von Napoleon III. veranlaßt, gleichsam ein Todesstoß für die Salzgärten der Atlantikküste und begünstigte dagegen die großen Salzgärten Südfrankreichs und die Salinen im Osten. Die Mole des alten Meerhafens

von Brouage wurde allmählich unter dem Geschiebe der Charente begraben; wenn man sie heute sieht, kann man sich schlecht vorstellen, daß sie einst Zentrum des nahezu regsten Handelsverkehrs Nordeuropas war.
Die unterirdischen Salzvorkommen sind so gewaltig, daß ihrer Ausbeute kein Ende gesetzt ist. Japan und Skandinavien sind heute weltweit die einzigen, die kein eigenes Salz gewinnen; ihre Flotten holen es auswärts zu günstigen Preisen, ohne einen Mangel befürchten zu müssen.
Anfangs unseres Jahrhunderts machte man die verblüffende Feststellung, daß das Salz auch äußerst wichtig ist in der chemischen Industrie. In dieser Zeit der wiederhergestellten Ruhe konnte man glauben, der lange Kampf der Menschen um eine ausreichende Salzversorgung habe endlich trotz aller Fehlschläge und Auswüchse einen vernünftigen Weg gefunden.
In Tat und Wahrheit ist das Ansehen des Salzes in den letzten Jahren erneut getrübt worden, als man erkannte, daß die übersalzene Nahrung, an die wir uns gewöhnt haben, einer schwerwiegenden Erkrankung Tür und Tor öffnet: dem Bluthochdruck. Von allen Tragödien, die das Salz schon in die Welt ge-

setzt hat, greift diese direkt die menschliche Gesundheit an und ist zweifellos die schlimmste.
Die arterielle Hypertonie, die weitgehend als eine Salzkrankheit betrachtet werden muß, ist bis heute noch nicht erschöpfend erforscht worden und ist nicht ganz heilbar. Doch vermutlich handelt es sich um die letzten Schwierigkeiten, die noch zu überwinden sind. Die ganze Salzgeschichte mit ihren Verrücktheiten, Mißständen und Auswüchsen läßt einen mit Recht an der menschlichen Vernunft zweifeln. Die Fortschritte der Medizin werden hoffentlich zeigen, daß diese Befürchtungen unberechtigt waren.

VI

Der Bluthochdruck — eine Salzkrankheit

Das Herz kann als eigentliche Pumpe angesehen werden, die das Blut in die verschiedenen Organe treibt. Stoßweise wird das Blut durch die Gefäße gesandt, die Arterien, die allmählich enger werden. Nachdem die entferntesten Gewebe durchblutet wurden, fließt das Blut passiv zum Herzen zurück über ein anderes Netz, die Venen, die dehnbarer sind als die Arterien und weiter werden, je näher sie dem Herzen liegen.

Genau genommen sind es zwei Herzen, zwei Pumpen, eine rechte und eine linke, die zusammengewachsen sind und synchron arbeiten, jedoch zwei unabhängige Hohlräume darstellen. Weil die beiden Herzkammern dicht gegeneinander abgeschlossen sind, was im 13. Jahrhundert vom arabischen Mediziner Ibn An-Nafis entdeckt wurde und 300 Jahre später erneut vom Theologen Michel Servet, hat unser Körper zwei getrennte Kreisläufe.

Im ersten, dem sogenannten kleinen Kreislauf, verläßt das Blut das Herz durch die Lungenarterien, erreicht die Lungen, wo es Sauerstoff aufnimmt, und fließt über große Venen in die linke Herzhälfte zurück. Im zweiten, dem großen Kreislauf, wird das Blut aus der linken Herzhälfte in die peripheren Gewebe des Körpers gepumpt über Aorta, große Arterien und Arteriolen. Während der Gewebedurchblutung wird Sauerstoff abgegeben und Rückstände des Zellstoffwechsels werden aufgenommen. Über die großen Venen gelangt das Blut in die rechte Herzhälfte zurück. Die Beschreibung der beiden Kreisläufe, wie sie seit den Anfängen der Naturkunde gelehrt wird und heute allgemein bekannt ist, liegt der Erforschung des Bluthochdrucks zugrunde.

Obwohl jedermann jederzeit am Puls seine Herzschläge fühlen kann, war die Entdekkung des Blutkreislaufes nicht ganz einfach. Der Mensch brauchte annähernd gleich lang, um zu verstehen, daß die Erde nicht das Zentrum des Universums ist, wie um zu merken, daß die Schläge seiner linken Herzkammer ununterbrochen frisches Blut durch seine Arterien schicken. Die Briefe über die Sonnenflecken von Galilei erschienen 1613, die

Schrift über die Entdeckung des Blutkreislaufes — «De motu cordis» — von William Harvey 1628.

William Harvey wurde 1578 in Folkestone geboren. Seine Eltern waren wohlhabende Kaufleute, was ihm eine Universitätsausbildung ermöglichte, zuerst in Canterbury, dann in Cambridge, in einem der berühmtesten Colleges, nämlich Gonville und Caius. Harvey wollte ein guter Arzt werden und entschloß sich, sein Studium an der medizinischen Schule in Padua weiterzuführen, die damals als eine der besten galt. Er erhielt dort in kurzer Zeit ein Diplom als Doktor der Medizin und kehrte nach England zurück, um im Handumdrehen alle Stufen der akademischen Laufbahn hochzuklettern.
Er praktizierte in London am Spital Saint Bartholomew, wurde bald zum Mitglied des königlichen Ärztekollegiums ernannt, was damals eine begehrte Auszeichnung war, und erhielt den Lehrstuhl für Anatomie und Chirurgie der Ärzteschule von Lumley. Sein Ruf machte ihn bald zum Arzt und Freund von König Jakob I. Stuart, dann von seinem Sohn Charles I. William Harvey war jedoch ein bescheidener Mann, der sich nicht allzuviel aus

höfischen Ehrungen und Macht machte. Er blieb seiner Forscherleidenschaft treu, die er von seinem padovanischen Lehrer Fabrizio Aquapendente übernommen hatte und die ihn drängte, den Geheimnissen des Blutkreislaufes auf die Spur zu kommen.
Die christlichen Dogmen verboten die systematische Sezierung. Man hielt überdies auch an den etwas nebulösen Theorien von Galen, Aristoteles und Arasistrat fest, die als Zentrum des Kreislaufs nicht das Herz, sondern die Leber annahmen, die angeblich den Speisebrei aus dem Darm aufnahm, um ihn in Blut zu verwandeln und gleichzeitig ungeordnete Blutgefäße besaß. Gewisse Theorien stritten die Existenz der Arterien ab, da sie bei Leichen als vollkommen blutleere Röhrchen erscheinen, denen man geneigt war, eine Atmungsfunktion zuzuschreiben, zum Beispiel den Luftransport zu den erhitzten Muskeln, wie man lange glaubte. Umgekehrt wollten andere Forscher von den Venen nichts wissen und behaupteten, das Blut aus der Leber fließe direkt in die rechte Herzkammer, dann in die linke durch «unsichtbare Poren», die es mit «Lebensgeist» aufladen würden, den die Luft aus den Lungen bringe. Man behauptete, er mache das Blut flüssiger und lebendiger

und bewirke, daß es aus der linken Herzhälfte abwärts fließen könne.
Was immer die Ansichten über den Körperkreislauf waren, der Hirnkreislauf wurde stets als unabhängig betrachtet: Im Hirn nahm das Blut den «Seelengeist» auf, doch dieses erneuerte Blut gelangte nie in die anderen Organe. Diese seltsamen Vorstellungen vom Kreislauf, die unbestritten anerkannt waren, ließen Harvey keine Ruhe; er konnte sich nicht damit abfinden, daß das Blut mit so wenig Logik von einem Körperende zum andern transportiert werden sollte. Er konnte nicht glauben, was selbst die besten Philosophen seiner Zeit glaubten, daß «das Blut von einem Ende zum andern wallt, gleich wie die Strömung in der Euripischen Meerenge hin und her fließt». Eigentlich hatte die Entdekkung, daß die beiden Herzkammern dicht waren, ein sehr bescheidenes Echo gehabt, und das Entscheidende blieb noch zu erforschen.
In zwanzigjähriger harter Arbeit holte William Harvey das Unwissen von 20 Jahrhunderten auf. Seine Beschreibung des Blutkreislaufes in den 17 Kapiteln der «Exercitatio anatomica de motu cordis et sanguinis in animalibus», von 1628 ist praktisch vollständig.

Es fehlen lediglich der lymphatische Kreislauf und eine genaue Beschreibung der Kapillargefäße, der feinsten Verbindungskanälchen zwischen den Arteriolen und den kleinen Venen.

«Das sind die Organe und der Blutfluß und dessen Kreislauf», schreibt er, «zuerst vom rechten Herzvorhof in die Herzkammer, von der Kammer über die Lungen in den linken Vorhof und von da in die linke Kammer, in die Aorta und alle vom Herzen wegführenden Arterien, dann in die Gewebe der Organe, dann in die Venen und durch diese zum Herzen zurück, wohin das Blut rasch wiederkehrt.»

Oder: «... Die Herzbewegung ist eigentlich eine Muskelkontraktion ... Man muß gezwungenermaßen annehmen, daß das Blut durch eine gewisse dauernde Kreislaufbewegung belebt wird. Und genau das ist die Rolle, das heißt die Funktion des Herzens, das durch sein Schlagen tätig ist. Überall liegt die einzige Ursache (für diesen Kreislauf) in den Herzbewegungen und -schlägen.» Alle Methoden, die dem Verständnis der Grundprinzipien der Lebensvorgänge förderlich waren, wurden von Harvey benützt.

Das Buch «De motu cordis» steht tatsächlich

am Anfang der heutigen biologischen Forschung.
Die Autopsie des menschlichen Körpers war ein schwieriges Thema: London, das beträchtlich hinter Padua zurückstand, hatte die Kunst der Sezierung noch nicht anerkannt. Nur wenige Leichen von Hingerichteten waren verfügbar, doch man konnte aus deren Betrachtung die wechselhafte Dynamik des Kreislaufes nicht erforschen. So verlegte sich Harvey auf Tierversuche und nahm damit die biologische Forschung des 19. und 20. Jahrhunderts vorweg. Er beobachtete die Herzschläge von Schlangen und anderen Reptilien, die wegen des langsamen Tempos erkennbar machten, daß die Kontraktionen im Vorhof beginnen und sich dann auf die Kammer übertragen.
Damit schuf er die Voraussetzungen für die Entdeckung der autonomen Nervenbahnen des Herzens. «Am größten ist der Schöpfer in den kleinen Dingen, und in den niederen Wesen ist er oft am besten zu erkennen», schreibt Harvey.
Bei den höheren Lebewesen entdeckte Harvey die Aufgabe und den Sinn des venösen und des arteriellen Kreislaufs. «Nachdem man die Brust irgendeines Tieres geöffnet

und die Herzvene abgeklemmt hat, so daß kein Blut aus ihr ins Herz fließen kann, und dann gleich auf beiden Seiten die Halsschlagader öffnet, ohne die Venen zu verletzen: Wenn man dann beobachtet, daß sich die Arterien durch die Öffnung entleert haben, aber nicht durch die Venen, kommt dann nicht deutlich zum Ausdruck, daß das Blut auf keinem anderen Weg von der Vene in die Arterie fließen kann als durch die Herzkammer?»

Mit der Beharrlichkeit, die den Wissenschaftler auszeichnet, ließ Harvey keine Gelegenheit aus, um seine Ansichten zu erhärten. So beteiligte er sich freiwillig an den königlichen Jagden, gewiß nicht aus Freude an der Schießerei, wohl mehr in der Hoffnung, er könne ein sterbendes Tier sezieren wie die Hündin des Windsorparkes, die bekannt wurde, weil er sie «in Anwesenheit seiner Durchlaucht des Königs und Meisters und vieler Edelleute zerlegte». Harvey war ein hervorragender Geist, der seine Forschungsergebnisse auf den Menschen übertragen konnte, indem er bewies, daß der Blutkreislauf sowohl bei den Schlangen wie beim Großwild gleich angelegt ist.

«Wenn man bei irgendeiner der langen Venen am Ellbogen mit der flachen Hand stark drückt und das von der Hand zurückfließende Blut möglichst gut staut, sieht man, daß die Vene erschlafft und einen Graben bildet. Doch sobald man nur noch einen Punkt mit der Fingerspitze drückt, sieht man, daß sich der Vorderarm mit dem Blut füllt, das von der Hand kommt. Etwas anderes geschieht, wenn man den Atem zurückbehält, und die Lungen voll von aller eingeatmeten Luft bleiben; die Gefäße des Brustraumes sind dann verengt, und das Blut drängt zum Gesicht und den Augen und bewirkt eine starke Rötung.»

Aufgrund dieser präzisen Beobachtung konnte er unumstößliche Aussagen machen. Der Blutkreislauf ist kein starres System. Harvey entdeckte, daß sich der Kreislauf im Rumpf dauernd verändert, wie wir später zeigen werden, daß der lokale Umsatz dauernd den Stoffwechselbedürfnissen der durchbluteten Organe angepaßt wird.

Die analytische Betrachtung von physiologischen Abläufen mündet zwangsläufig in der Entdeckung von abwegigen Prozessen, den Krankheiten. William Harvey hat große Verdienste in der Entdeckung einiger wichtiger Kreislaufstörungen, sowohl angeborener wie zum Beispiel das Bestehen einer Verbindung zwischen der rechten und der linken Herzkammer als auch erworbener wie Arteriosklerose oder Angina pectoris. Die Arteriosklerose wurde bei der Autopsie eines Edelmannes entdeckt, dessen absteigende Aorta in einen wahren Hohlknochen verwandelt war. Ebenfalls anhand einer Autopsie konnten die «schmerzhaften und brustbeengenden Krisen» auf einen Herzriß zurückgeführt werden, der dem «großen Fürsten, Ritter des Goldenen Vlies und Schwiegersohn eines großen Weisen, Robert d'Arcy» das Leben schwer gemacht hatten. Harvey mußte die Schlüsselmethode hart verteidigen, die damals unter heftigstem Beschuß stand: «Eine einzige Sezierung oder Autopsie eines Körpers, der an einer langen, zerstörenden Krankheit gelitten hatte, leistet der Medizin größere Dienste als zehn Öffnungen von Erhängten.»

William Harvey verdient eine doppelte Ehrung, denn er hatte gleichzeitig die Grundlagen der experimentellen Medizin und des Blutkreislaufes entdeckt. Ihm mußte zur Eröffnung dieses Kapitels, das sich mit einer Kreislauferkrankung befaßt, eine Ehrung erwiesen werden; um so mehr als es Harvey versagt blieb, zu Lebzeiten von seinesgleichen anerkannt zu werden.

Dem Wissenschaftler droht in doppeltem Sinne Gefahr. Die erste ist, daß er nichts Neues herausfindet; und die zweite, um einiges grausamer, daß er wohl etwas wirklich Neues entdeckt, das Resultat aber gerade wegen seiner Originalität von der wissenschaftlichen Welt abgelehnt wird. Die Wissenschaftsgeschichte ist reich an solchen persönlichen Rückschlägen. Das ist nicht weiter erstaunlich, denn die wahre Forschernatur stellt grundsätzlich jedes Konzept in Frage, solange es nicht wirklich erprobt ist. Die Geschichte spiegelt auch die konservative Seite des menschlichen Geistes wider, der sich immer schwertut, neue Ideen anzunehmen.

So widerlegte Harvey einerseits die herkömmlichen Dogmen: «Wenn das Wirken der Natur klar für unsere Sinne erkennbar geworden ist», schreibt er in seinen Briefen, «dann zählen die überlieferten Meinungen nicht mehr»; anderseits verursachte die Entdekkung des Blutkreislaufes einen langen, zähen Streit. Nicht, daß es an Anhängern dieser Entdeckung fehlte, Descartes, Pierre Dionis und Raymond Vieussens in Frankreich, Nathanael Highmore und Richard Lower in England, Nils Steeson in Dänemark, Sylvius in Holland und Conring in Deutschland,

doch die Gegner waren um einges lauter. Riolan und Guy Patin brachen eine bittere Kampagne vom Zaun. In ihren Augen war die neue Doktrin von Harvey «widersprüchlich, unnütz, falsch, unmöglich, absurd und schädlich». Dasselbe Lied in Italien, wo der berühmte Mailänder Arzt Giovanni della Torre sich über den «Skandal eines Menschen» ausläßt, der «so viele vollkommene Dogmen und wunderbare Theorien zerstören will». Dieselbe Skepsis zeigen auch Gaspard Hoffmann in Nürnberg und Val Helmont in Louvain.
William Harvey brauchte mindestens so viel Energie, um sich zu verteidigen wie für seine Arbeiten. Detailliert steht er einem seiner größten Widersacher, Riolan, Rede und Antwort in den «*Dissertations anatomiques sur la circulation du sang*». Doch die bösen Zungen kamen dadurch keineswegs zur Ruhe. «Daß die Hunde bellen und sich ihre übervollen Bäuche auskotzen, und daß sich auch in die Gesellschaft der Philosophen Zyniker einschleichen, kann man nicht verhindern. Doch man muß dafür sorgen, daß sie die Wahrheit nicht beißen und sie nicht mit ihrer wahnsinnigen Wut verseuchen.» Harvey starb mit 79 Jahren, ohne daß er die Genugtuung einer endgültigen Anerkennung erfahren durfte.

Der Sieg von Cromwell bedeutete für ihn Ausschluß aus dem öffentlichen Leben von London und trug wesentlich zur Traurigkeit seiner letzten Lebensjahre bei.

Der arterielle Bluthochdruck

Wegen der Stärke der Herzschläge und dem kleinen Durchmesser der peripheren Arteriolen, die den Blutfluß bremsen, ist der Blutdruck im arteriellen System ziemlich hoch. Der maximale arterielle Blutdruck, der bei jeder Kontraktion der linken Herzkammer entsteht, verdrängt im Durchschnitt 140 mm Quecksilber bei einem gesunden Erwachsenen, der minimale Wert, das heißt der Druck zwischen zwei Kontraktionen, liegt bei ca. 80 mm Quecksilber.
Eine Druckerhöhung im Kreislaufsystem, die Hypertonie, kann demzufolge von einer verstärkten Herzmuskeltätigkeit herrühren oder von einer Verengung der Arteriolen. Bei jungen Leuten läßt sie sich vor allem auf die erste Ursache zurückführen, während sie beim Erwachsenen meist mit der zweiten zusammenhängt: nämlich mit einer starken Verengung der kleinen Endarterien.

Für Erwachsene wurden als annehmbare Grenzwerte für den Blutdruck von der Weltgesundheitsorganisation maximal 160 mm und 95 mm Quecksilber festgesetzt. Was über diesen Werten liegt, gilt als Hypertonie, tiefere Werte gelten als normal. Das ist eine bequeme Definition, allerdings ist sie aus verschiedenen Gründen willkürlich:

— zum einen, weil sich der Blutdruck in allen Industrieländern mit dem Alter verändert: Er steigt mit zunehmendem Alter, so daß ab 60 Jahren die Grenzwerte 160/90 mm fast als üblich anzutreffen sind; dagegen sind schwächere und normale Werte bei Erwachsenen (140/90 mm) zum Beispiel eindeutig zu hoch für ein Kind;
— zum andern, weil der Blutdruck nicht vollkommen stabil ist: Oft ist er nach einer physischen Anstrengung oder bei starken Emotionen höher als im entspannten Zustand. Dann auch, weil die Lebenserwartung, wie es aus neueren Statistiken klar hervorgeht, innerhalb der normalen Grenzwerte leicht aber doch deutlich abnimmt, in dem Maß wie sich der Blutdruck erhöht, das heißt also, daß im normalen Bereich die niedrigsten Blutdruckwerte die harmlosesten sind. Es liegt auf

der Hand, wieviel Übles eine Druckerhöhung im Kreislauf bewirken kann.

Die dünnen Gefäßwände der kleinen Endarterien werden durch den übermäßigen Druck spröder und können sogar platzen. Ein solcher Bluterguß kann üble Folgen haben, denn das so mit Blut überschwemmte Gewebe hat wichtige Funktionen. Das ist der Fall im Gehirn, wo eine Blutung zum bekannten Schlaganfall führen kann, einem jähen Bewußtseinsverlust, der in der Regel eine Reihe von Behinderungen nach sich zieht, zum Beispiel teilweise Lähmungen oder die Beeinträchtigung einer ganzen Körperhälfte, medizinisch als Hemiplegie bekannt.

Solche schwere Nervenstörungen treten in den industrialisierten Ländern eindeutig seltener auf, wo der Bluthochdruck viel zuverlässiger erfaßt und behandelt wird. Ärzte, die praktizierten, bevor es wirksame Antihypertonika gab, erinnern sich noch an die nicht so ferne Zeit, als der Bluthochdruck zu den schweren Erkrankungen gehörte. Auf den weniger entwickelten Kontinenten ist die mittlere Lebenserwartung deutlich gestiegen mit dem beachtlichen, wenn auch noch ungenügenden Rückgang der Infektions- und Parasitenerkrankungen. Allerdings zahlen jene

Völker den Fortschritt mit einer Erhöhung der Kreislauferkrankungen, die für den alternden Menschen typisch sind und an deren erster Stelle die Hypertonie steht. Solche Schwierigkeiten stellen heute die größten Gesundheitsprobleme dar, vor allem in Schwarzafrika, wo die Hypertonie sehr häufig ist. Die Hypertonie erreicht hier ein Ausmaß, wie es früher in Europa und Nordamerika bekannt war. Eine wirksame Behandlung, wie sie in den Industrieländern durchgeführt wird, scheitert vor allem an wirtschaftlichen Engpässen.

Leider sind innere Blutungen nicht die einzige Gefahr beim Bluthochdruck. In gewissen Organen verändern sich die Gefäßwände der kleinen Arterien, um dem hohen Druck besser standzuhalten: Sie werden dicker und verhärten. Dann haben wir die Arteriosklerose mit einer verminderten Durchblutung gewisser Gewebe, die zu der als Infarkt bekannten Erscheinung führt, im Hirn oder im Herzen; in den Nieren behindert die Arteriosklerose auf die Dauer die Funktion und führt zu einer chronischen Niereninsuffizienz.

Zweifellos hat die Entdeckung von William Harvey der Kreislaufforschung die Tore geöffnet, nachdem sich die erregten Gemüter seiner Gegner durch die zahlreichen Beweise gegen Ende des 17. Jahrhunderts beruhigt hatten. 1733 nahm der britische Physiker Stephen Hales in seinem Labor in Tadington zum ersten Mal eine Blutdruckmessung vor. Er verwendete ein Wassermanometer und schloß es direkt an die geöffnete Arterie eines Hundes an. 1828 ersetzte Jean-Louis Marie Poiseuille in Paris das Wassermanometer durch ein viel kleineres Quecksilbermanometer, das er etwas wichtigtuerisch «Hämomanometer» nannte. Dieses blutige Meßverfahren, das eine Punktierung der Arterie nötig machte, war möglich bei Tierversuchen, doch natürlich nicht beim Menschen.

Die Lösung fanden einige Jahrzehnte später, Ende des 19. Jahrhunderts Pierre Care Potain in Paris und Michel Forster in Cambridge, indem sie das Manometer indirekt anwandten und so den innerarteriellen Druck vom Gegendruck abzogen, den man auf ein Glied ausüben mußte, um die Pulsschläge in den Gefäßen zu unterdrücken. Die heute üblichen, uns allen wohlvertrauten Armbinden und die dazugehörigen Aneroid- oder Quecksilberdruckmesser sind Weiterentwicklungen ihrer Methode.

Keiner dieser Physiologen ahnte, daß man

dank ihren Apparaten eine der meistverbreiteten Zeitkrankheiten erkennen würde. Anfangs dieses Jahrhunderts betrachtete man die Blutdruckerhöhung lediglich als eine Begleiterscheinung bei gewissen, genau umschriebenen Krankheitsbildern wie der chronischen Niereninsuffizienz. Mit der Zeit entdeckte man auch andere Ursachen — Erkrankungen der Nierenarterien und der Nebennierenrinde —, welche Ärzte und Biologen sehr beschäftigten.

Die krankhafte Hypertonie wurde erst nach 1930 erkannt. Dabei liegt keine organische Ursache für den Bluthochdruck vor, man nennt diese Art von Hypertonie gern essentiell oder primär. Bedeutung und Ausmaß dieser Krankheit konnten dank drei medizinischen Errungenschaften des 20. Jahrhunderts umfassend erkannt werden:

An erster Stelle stand die gewaltige Steigerung der Lebenserwartung durch die Fortschritte in Hygiene, Chirurgie und der Behandlung von Infektionskrankheiten, die das Gesundheitsbild unserer Gesellschaft vollkommen umkrempelte. Es konnten nun verschiedene Krankheiten auftreten, die für das Alter typisch sind wie die primäre Hypertonie, die erst nach einer langen Latenzphase

mit spürbaren Symptomen in Erscheinung tritt.
An zweiter Stelle zeigten im großen Rahmen durchgeführte, systematische Gesundheitserhebungen die eigentliche Bedeutung der Hypertonie. Der Bluthochdruck erwies sich als äußerst häufig in den Industrieländern und betraf je nach Erhebung 8 %, ja sogar bis 25 % der Bevölkerung. Diese Schwankungen sagen lediglich etwas über die Bedingungen der Blutdruckmessungen aus, man darf ohne weiteres annehmen, daß 10 bis 15 % der Erwachsenenbevölkerung Europas und der Vereinigten Staaten an Hypertonie leiden. Es ist verständlich, daß man eine Erscheinung von solchem Ausmaß nur ungern als Krankheit bezeichnet hat. Um so mehr als der Hochdruck während Jahren einen stillen Verlauf nehmen kann. Dann treten höchstens Kopfschmerzen, Herzklopfen oder ein Übermaß an «innerer Spannung» auf, die man gemeinhin als Nervosität wahrnimmt. Oft fehlen jegliche Symptome, und man entdeckt die Hypertonie zufällig bei einer Routineuntersuchung.
Einen dritten Hinweis darauf, daß die Hypertonie eine der verbreitetsten Krankheiten unserer Gesellschaft ist, gab das Aufkommen

einer neuen medizinischen Forschungsrichtung, die Epidemiologie. In den fünfziger und sechziger Jahren haben amerikanische Studien bereits den Grundstein gelegt: Hypertoniekranke sind in viel extremerem Maße anfällig für Kreislaufstörungen als Leute mit normalem Bluthochdruck, diese Gefahr nimmt erheblich ab, sobald man durch eine Behandlung die Normalwerte wieder herstellt.

Der primäre Bluthochdruck nimmt in der heutigen Medizin einen wichtigen Platz ein. Seine große Verbreitung und die notwendige regelmäßige Betreuung gibt ganz neuartige Probleme in der Gesundheitspflege auf, an die man noch vor wenigen Jahrzehnten gar nicht dachte. «. . . Es blieb die Hypertonie übrig, und ich hatte es nicht zu bereuen. Ich ging von einem Namen aus, der arteriellen Hypertonie, und wußte am Anfang nicht, was sie alles umfaßte, ich kannte nicht einmal alle ihre funktionellen und klinischen Symptome und wußte nicht, ob es sich um eine einmalige Krankheit handelte und welches ihr natürlicher Verlauf wäre . . . So mußte ich die Spreu vom Weizen scheiden, und das war 40 Jahre lang meine Beschäftigung, ich habe mich manchmal geirrt, doch sehr oft habe ich rich-

tig gesehen. Mag sein, daß die Aufgabe wenig Ruhm verhieß, doch sie war fruchtbar», schrieb Paul Milliez in Erinnerung an seine ersten Schritte in diesem Gebiet, die in Frankreich die medizinische Erfassung der Hypertonie einleiteten.
Das Studium der Hypertonie hat sehr intensive Forschungsbemühungen auf den Plan gerufen, die seit 1950 ständig weitere Kreise ziehen. Ihnen verdanken wir die Entdeckung von sehr wirksamen Medikamenten. Man vermutet heute, daß der Mechanismus des Bluthochdrucks in nächster Zukunft ganz durchschaut sein wird.

Geographische Verbreitung des Bluthochdrucks

Zwischen 1966 und 1971 haben Jean Bernard und Jacques Ruffié bewiesen, daß die geographische Erfassung der Blutkrankheiten eine reiche Informationsquelle ist in anthropologischer, genetischer und ökologischer Hinsicht. Viele andere Zweige der Medizin können heute von diesem Vorstoß profitieren. Er hat sich auch für die Hypertonie bewährt. Wie erwähnt, leiden etwa 15% der Europäer und

Amerikaner an Bluthochdruck, in andern Ländern ist er sogar noch erheblich häufiger. Das auffallendste Beispiel ist Nordjapan, wo mehr als 40% der Bevölkerung an Bluthochdruck leiden und wo die Gefahr von Kreislaufzusammenbrüchen, vor allem im Hirn, noch heute weltweit am größten ist. Das ist um so erstaunlicher, als diese Krankheit im Süden der japanischen Inselgruppe ähnlich häufig auftritt wie in Europa. Auch andere Bevölkerungen sind schwer betroffen: Portugiesen und vor allem die Schwarzen Amerikas, bei denen die Krankheit nicht nur ebenso verbreitet ist wie auf der Insel Hokkaido, sondern auch sehr schlimme Formen annimmt und dramatisch verläuft.

Umgekehrt gibt es zahlreiche Völker auf allen Kontinenten, die die Hypertonie kaum kennen. Diese begünstigten Völker leben in ziemlich kargen, primitiven Verhältnissen, bei ihnen sinkt der Blutdruck, der immer im normalen Bereich bleibt, sogar mit zunehmendem Alter, gemäß ihrer Gewichtsabnahme; es geschieht also genau das Umgekehrte wie bei den westlichen Bevölkerungen.

Diese primitiven Stämme mit «niederem Blutdruck», wie sie in der Epidemiologie genannt werden, leben in Asien, zum Beispiel gehören die melanesischen Stämme in Neu-Guinea und auf den Solomon-Inseln, die Polynesier auf den Fidji-Inseln Cook, Caroline und Tokelau und die Urbevölkerung Australiens dazu. Sie wurden sehr gründlich von australischen und neuseeländischen Medizinern untersucht.

In Afrika sind die Völker, die keinen Bluthochdruck kennen, Pygmäenstämme. Sie leben zum Teil im Kongo oder als Nomaden in Kenia, der Wüste Kalahari oder Tansania. In Mittel- und Südamerika sind es die Indianerstämme in Guatemala, Chile und Brasilien. In der Arktis handelt es sich, wie skandinavische und amerikanische Ethnologen bestätigen, um die Eskimos.

Wie kommt es wohl, daß gewisse Völker an der Hypertonie leiden und andere nicht? Welche Schlüsse soll man daraus ziehen, wenn sich der Blutdruck der ersteren mit dem Alter erhöht, während bei den andern das Gegenteil geschieht?

Es gibt zwei Thesen. Die erste beruft sich auf das Erbgut: Die Gene, die für die Regulierung des Blutdruckes verantwortlich sind, oder Systeme, die einen mehr oder weniger direkten Einfluß auf die Veränderung des Blutdrucks während des Lebens haben, seien grundsätzlich verschieden; dies könnte erklären, daß die Hypertonie bei gewissen Menschen, doch nicht bei allen, im Alter auftritt. Die zweite Hypothese stützt sich auf die Annahme von erworbenem Gut: Also, es bestehe kein anlagebedingter Unterschied, er rühre nur von der Umwelt, von Sitten und Lebensgewohnheiten her.

Verschiedene Beobachtungen bestätigen, daß die zweite Annahme eher zutrifft. Das Auftreten der Hypertonie, die allmähliche Blutdruckerhöhung mit zunehmendem Alter hängt mit der industriellen Zivilisation zusammen. Wenn primitive Völker mit der in den Industrieländern üblichen Lebensart in Berührung kommen, wenn sie «zivilisiert» werden, tritt schnell Hypertonie auf, sie verlieren die Merkmale von Völkern mit «niederem Blutdruck». Man konnte dies gut im Laufe des letzten Weltkrieges bei Zulusoldaten beobachten, die in die westlichen Armeen eintraten und dort gute Dienste als Wachen leisteten.

Dieses Phänomen läßt sich in verschiedenen ursprünglich abgeschiedenen Gegenden beobachten, die langsam von der industriellen Entwicklung erfaßt wurden. Zuerst werden Hafen- und Küstengebiete vom Einfluß der neuen Kultur erreicht, der die angestammten Bräuche tiefgreifend und rasch verändert. Dagegen bleiben im Landesinnern die alten Traditionen erhalten und lebendig. Ursprünglich homogene Völker wurden so in kurzer Zeit in Stadt- und Landbevölkerung zerrissen. Der Genotyp, das heißt das Erbgut der Vorfahren bleibt unverändert; doch die umweltbedingte Erscheinungsform, der Phänotyp, stellt sich vollkommen anders dar. Die Bewohner im Landesinnern behalten den niedrigen Blutdruck bei. Die Küstenbewohner, die den westlichen Lebensstil übernommen haben, weisen einen erhöhten Blutdruck auf; es treten erst sporadisch, dann regelmäßig Fälle von Hypertonie auf und später andere typische Zivilisationskrankheiten, Arteriosklerose und Fettleibigkeit.

Wo ist der Sündenbock?

Wir müssen also die Gründe für das Auftreten der Hypertonie in unserer Umwelt suchen. Das ist offensichtlich ein sehr komplexes Unterfangen. Welch himmelweiter Unterschied zwischen dem einfachen Leben der asiatischen Inselvölker, der amerikanischen Indianerstämme oder der Nomadenvölker und der Hektik unserer mechanisierten Welt! Nichts ist gleich, weder der Anteil an physischer Betätigung, noch die sozialen Kontakte, noch die Werte.

Es ist gar nicht so abwegig, in erster Linie den für unsere Gesellschaft typischen Leistungszwang dafür verantwortlich zu machen und den uneingeschränkten Wettkampf mit den entsprechenden Konflikten. Spontan hat man oft vermutet, die Hypertonie könnte eine Folge der nervlichen Anspannung sein, eines chronischen Aggressionszustandes, des wohlbekannten «Streß».

Gewisse Beobachtungen bestätigen das auch. In den USA verglich man in einer großen Untersuchung den physischen Zustand von Fluglotsen mit demjenigen von Angestellten im Bodendienst des Flughafens. Natürlich ist die Nervenbelastung bei den Lotsen viel größer als beim Bodenpersonal. Und die Häufigkeit der Hypertonie scheint parallel zu verlaufen; die Krankheit tritt bei den Fluglotsen vier- bis fünfmal häufiger auf. Ferner läßt sich auch innerhalb dieser Versuchsgruppe ein interessanter Unterschied feststellen: Der Bluthochdruck ist stärker verbreitet bei Fluglotsen auf überlasteten Flughäfen mit in- und

ausländischen Linienflügen als beim Personal auf verkehrsärmeren Plätzen.
Doch Statistiken können nur Richtwerte, nie Gewißheit vermitteln, denn oft beruhen sie auf beschränktem Zahlenmaterial und sind der Willkür des Zufalls ausgesetzt.
Eine «nervöse Hypertonie» konnte allerdings noch nie experimentell nachgewiesen werden. Chronische Konfliktzustände oder wiederholte physische Dauerüberlastung bedingen nur eine bescheidene Druckerhöhung, die nicht wesentlich ins Gewicht fällt und vor allem in der Regel nicht lange andauert. Zudem nimmt man in der Behandlung des Bluthochdrucks beim Menschen selten auf die Thymusdrüse Einfluß: Angstlösende Medikamente und sogenannte sedative Praktiken wie Yoga oder andere Meditationsformen haben keine direkten Auswirkungen auf den Bluthochdruck. So ist also keineswegs erwiesen, daß die Überreizung durch die Industriegesellschaft schuld an der Sache ist.
Viele Argumente weisen sehr eindrücklich auf eine andere Gewohnheit hin, die die industrielle Entwicklung begleitete und hier näher betrachtet werden muß: der übertriebene Konsum von Speisesalz.

Der Salzüberfluß als wichtigster Grund für den Bluthochdruck

1904 entdeckten zwei junge Pariser Internisten, L. Ambard und E. Beaujard, daß die Blutdruckhöhe sehr eng mit der im Organismus vorhandenen Salzmenge zusammenhängt: Bei Patienten mit chronischer Niereninsuffizienz — das ist eine Extremsituation, da die Salzausscheidungsmöglichkeit über den Harn eingeschränkt ist —, erhöhten gesalzene Speisen (Bouillon) den Blutdruck, während eine salzarme Ernährung (zum Beispiel Milch) eine Senkung bewirkte.
Ein großer Pariser Arzt, Fernand Widal, dem sehr viel an der Anwendung des wissenschaftlichen Prinzips in der klinischen Behandlung lag, war begeistert von den Ausführungen von Ambard und Beaujard. Es handelte sich um eine umwerfende Eröffnung, denn zum ersten Mal seit Tausenden von Jahren hieß es nun, das Salz habe nicht nur gute Eigenschaften! Widal setzte sich lange mit diesen zwei Gesichtern des Salzes auseinander und besprach sich eingehend mit einem seiner berühmtesten Patienten und Freunde, Marcel Proust. In «Die Welt der Guertmantes» äußerte Proust 1920 zum ersten Mal einen deut-

lichen Zweifel an den nur segensreichen Eigenschaften des Salzes.

«Der Arzt Cottard, den man zu meiner Großmutter gerufen hatte ... verordnete eine Milchdiät, um die Erregung der Kranken zu dämpfen. Doch die ewigen Milchsuppen hatten keine Wirkung, denn meine Großmutter tat viel Salz hinein, von dessen nachteiliger Wirkung damals noch niemand etwas ahnte. (Widal hatte seine Entdeckungen noch nicht gemacht.) Denn die Medizin ist eine Reihe von Widersprüchen und Fehlern von Ärzten: Wenn man sich an die besten von ihnen wendet, kann man wohl eine Wahrheit zu hören bekommen, die in wenigen Jahren als falsch erkannt wird. So daß es eigentlich eine der größten Tollheiten wäre, an die Medizin zu glauben, wenn es nicht eine noch größere wäre, nicht daran zu glauben, denn aus diesem Stückwerk von Fehlern sind im Verlaufe der Zeit einige Wahrheiten hervorgegangen.»

Oft werden die Widersprüche und Unzuverlässigkeiten der medizinischen Diagnose um so strenger verurteilt, als sie im Gegensatz zu der dogmatischen Haltung der meisten Praktiker stehen, die sich wenig von wissenschaftlichen Skrupeln anfechten lassen und vor allem darauf bedacht sind, sich mit einer unantastbaren Überlegenheit zu umgeben, die ihre entfremdeten und ängstlichen Patienten brauchen. Man kommt trotzdem nicht umhin, sie anzunehmen, denn sie zeigen, wie schwierig es ist, die Komplexität des Lebens zu verstehen. Man muß die Unzulänglichkeiten der Medizin tatsächlich ohne Bitterkeit eingestehen, denn sie zeigen ja den Entwicklungscharakter des biologischen Wissens.

Ähnliche Zweifel meldet 20 Jahre später auch Paul Valéry in seinem «Faust» an: «Mit ihrer vollständigen Meinungspalette erinnern Sie mich an den Arzt meiner Mutter. Er hat ihr das Salz während 10 Jahren weggenommen, bei Todesstrafe ... Dann hat er sie wieder auf Salz gesetzt; und ich bin sicher, er denkt schon wieder daran, ihr nächstens das Salz zu entziehen. Doch ... meine Antwort? Ich habe keine Antwort ...»

So kam das lange hochgeschätzte Salz plötzlich zu Beginn unseres Jahrhunderts in Verruf. Der deutsche Arzt William Kempner gesellte sich 30 Jahre später zu Ambard, Beaujard und Widal. Mit preußischer Strenge verordnete er die salzlose Diät auch bei essentieller Hypertonie, die nicht in Begleitung von Niereninsuffizienz auftritt. Seine Patienten wurden drakonischen Diätregeln unterstellt,

die Fleisch und gekochte Speisen ausschlossen zugunsten von Milchprodukten, Reis, Gemüsen, alles absolut salzlos. Die therapeutische Wirkung blieb nicht aus, der Blutdruck senkte sich in vielen Fällen. Doch die Diät war oft zu rigoros. Viele Ärzte, vor allem englische mit dem beredten Sir George Pickering an der Spitze, wehrten sich gegen diese allzu strengen Maßnahmen, die nicht als allgemein therapeutisch angesehen werden konnten.
Sir George Pickering holte mit seiner Kritik so weit aus, daß er über sein Ziel hinausschoß. Man zweifelte erneut daran, ob das Salz wirklich so schädlich sei, wie die kontinentalen Ärzte wohl etwas zu voreilig gemeint hatten. Trotzdem bezeugen zahlreiche Argumente, daß Salz bei der Hypertonie eine wichtige Rolle spielt.
Der Beweis läßt sich leicht im Labor erbringen. Wenn man Tiere mit stark gesalzenen Speisen füttert, steigt ihr Blutdruck beträchtlich. Diese experimentelle Hypertonie zeigt sich sehr deutlich und rasch, wenn man der salzigen Nahrung noch ein Nebennierenrindenhormon beifügt, das die Salzausscheidung in den Harn herabsetzt. Nach wenigen Wochen gleicht die experimentell erzeugte Krankheit auffallend der beim Menschen

beobachteten Hypertonie. Die Arteriolen sind zuerst zusammengezogen, werden langsam härter und es treten Komplikationen, vor allem Hirnblutungen, auf.

Beim Menschen sind in jüngster Zeit drei sehr klare Bilder von Bluthochdruck unterschieden worden, die mit einem Salzüberschuß zu tun haben.

Das erste wurde 1955 durch einen amerikanischen Arzt, Jerome W. Conn entdeckt, der damals Professor an der Universität Michigan in Ann Arbor war. Es ist sehr selten, doch so auffallend, daß die Diagnose leicht fällt. Es handelt sich in der Regel um Frauen mit eher schwachem Bluthochdruck, die sich über Muskelkrämpfe und Erschöpfungszustände beklagen. Sie haben oft Durst und müssen häufig Harn lassen. Alle diese Symptome deuten auf eine übermäßige Aldosteronabsonderung hin; mittels Röntgenuntersuchung läßt sich oft ein Tumor an einer Nebennierenrinde feststellen. Dieser ist meistens gutartig, und ein chirurgischer Eingriff behebt gewöhnlich die Hypertonie und ihre verschiedenen Nebenerscheinungen. Gute, aber weniger eindeutige Resultate werden mit medikamentöser Behandlung erzielt, die die Wirkung des Aldosterons in den Nieren neutralisiert.

Die zweite Variante ist sehr seltsam, doch einiges häufiger. Viele Leute verzehren gewohnheitsmäßig große Mengen von Lakritze, oder Kokosstengel, um Gelüste zu stillen oder aus lauter Unachtsamkeit. Bei einigen löst das Hypertonie aus, weil die Lakritze einen Wirkstoff enthält, der wie Aldosteron, nur etwas weniger stark, die Salzausscheidung hemmt.
Die dritte Variante ist heute allen Frauen vertraut, die die Antibaby-Pille nehmen und denen die Gynäkologen raten, den Blutdruck regelmäßig zu überprüfen. Die durch die Pille verursachte Hypertonie ist in der Regel leicht und verliert sich wieder, sobald die Pille abgesetzt wird. Die Östrogene sind dafür verantwortlich. Über komplizierte Wege bewirken sie ebenfalls ein Zurückbleiben des Salzes im Organismus.
Diese drei Sonderfälle sind allerdings weit weniger häufig als die primäre Hypertonie, der dieses Kapitel eigentlich gewidmet ist.
Wiederum liefern Geographie und Epidemiologie den Beweis, daß das Salz ursächlich beteiligt ist. Die unterschiedliche Häufigkeit der Hypertonie in verschiedenen Ländern hängt tatsächlich eng mit den Schwankungen im täglichen Salzverzehr zusammen.

Im Norden Japans bei Honshu und Hokkaido und an den gegenüberliegenden Küsten des Japanischen Meeres stopft man die Fische mit grobem Salz, bevor man sie in die Sonne zum Trocknen legt. Später werden sie gegessen, ohne erst vom Salz gereinigt zu werden. Da Fisch das Hauptnahrungsmittel der Nordjapaner darstellt, beträgt der mittlere Tageskonsum die gewaltige Menge von 30 bis 40 Gramm Salz, etwa zehnmal mehr als nötig wäre für das biologische Gleichgewicht.
Andererseits gibt es die Völker mit «niederem Blutdruck», deren äußerst salzarme Kost knapp das Notwendige ersetzt, die obligatorischen Verluste, wie sie weiter oben beschrieben wurden. Das geschieht bei den Eskimos im hohen Norden, wo der Fisch steifgefroren aus den Löchern im Packeis gefischt und während der langen Wintermonate im Eis aufbewahrt wird. Das trifft auch zu auf die primitiven Stämme, die in tropischen Zonen beheimatet sind: Nach alter Tradition leben sie eher vom Sammeln als von der Jagd, was einen niederen Salzkonsum bedeutet; zudem brauchen sie ihre Nahrungsmittel nicht zu konservieren angesichts des Klimas ihrer Umgebung, da sie während des ganzen Jahres ernten können.

Zwischen diesen beiden Extremerscheinungen (30 bis 40 Gramm Salz täglich, 40% Hypertoniekranke, und 1 bis 3 Gramm Salz täglich, keine Blutdruckerhöhung) kann man eine Linie ziehen. Epidemiologisch gesehen passen die meisten bis heute erfaßten Daten aus allen Ländern irgendwo in die Mitte der Linie zwischen den beiden Extremen.
Mit einem mittleren täglichen Salzkonsum von 10 Gramm pro Kopf der Bevölkerung und 15% Bluthochdruckkranken liegen die Vereinigten Staaten und die Staaten Nordeuropas ziemlich genau in der Mitte dieser Verbindung.

Die Hypertonie — eine Erbkrankheit

Aufgedeckt wurde der präzise und verblüffende Zusammenhang zwischen der Verbreitung der Hypertonie und dem Salzkonsum durch den Vergleich mehrerer Völker. Schwieriger wird es allerdings, innerhalb eines bestimmten Volkes zu beweisen, daß das Salz verantwortlich ist.
Einigen neueren Untersuchungen zufolge scheinen Hypertoniekranke ihre Speisen stärker zu salzen als Leute mit normalen Werten,

doch solche Verhaltensstudien sind fragwürdig und schlecht überprüfbar. Das durch den Harn ausgeschiedene Salz ist ein indirekter, aber verläßlicher Hinweis auf das eingenommene Salz. Nun konnte noch keine Studie nachweisen, daß innerhalb eines Volkes zwischen diesem Kriterium und dem Blutdruck eine Beziehung besteht. Viele britische Ärzte, wohl noch immer unter dem radikalen Einfluß von Sir George Pickering, haben deshalb aufgehört, den Salzüberschuß als einen erwiesenermaßen krankheitsfördernden Faktor zu betrachten.

Das Bild klärt sich, wenn wir berücksichtigen, daß die Salzempfindlichkeit von Person zu Person verschieden ist. Zwar zeigen epidemiologische Daten, daß die Gefahr des Auftretens von Hypertonie in der Regel steigt, wenn mehr Speisesalz eingenommen wird, doch eine genauere Einzeluntersuchung ergibt, daß nicht alle Individuen eines Volkes gleich auf diese Bedrohung reagieren.

Keine Tierart kann sich entfalten und verbreiten, wenn nicht die Einzelwesen trotz ihrer scheinbaren Ähnlichkeit verschiedene Erbanlagen haben. Die individuellen Unterschiede in der Verträglichkeit von großen Salzmengen gehören zu dieser genetischen Vielgestal-

tigkeit, die bei allen Organismen, Tieren und Pflanzen, zu beobachten ist.
Die individuelle Salzempfindlichkeit wurde 1962 in einem amerikanischen Armeelabor in Brookhaven durch den Biologen Lewis K. Dahl nachgewiesen. Er beobachtete, daß ein Übermaß an Salz nicht bei allen seinen Versuchstieren dieselbe Reaktion hervorrief. Einige Ratten erkrankten ganz eindeutig an Hypertonie und starben nach wenigen Wochen. Die meisten hatten einen leicht erhöhten Blutdruck. Und bei einigen Tieren stieg der Blutdruck fast überhaupt nicht. Dahls Ergebnisse stimmten mit den Annahmen von Claude Bernard überein, die dieser schon in seinen ersten Vorlesungen am Collège de France über die physiologischen Eigenschaften und die krankhafte Veränderung der verschiedenen Körperflüssigkeiten vertrat: «Das Auftreten einer unvorhergesehenen Erscheinung ist stets eine wirkliche Entdeckung, denn daraus folgt immer eine neue Idee, die ihrerseits zu neuen Erfahrungen führt.»
Nun brauchte Dahl eine Erklärung für die Unterschiede in der individuellen Empfindlichkeit. Er mußte eine genetische Erklärung als die wahrscheinlichste nachweisen. Dahl selektionierte in seinem Labor zwei Ratten-

stämme. Einerseits diejenigen, die bei einer erhöhten Salzgabe starkes Auftreten von Hypertonie zeigten, und eine resistente Gruppe, deren Blutdruck ziemlich normal blieb. In beiden Gruppen wurden Männchen und Weibchen gepaart, besonders salzempfindliche Geschwister einerseits und besonders resistente andererseits. Diese selektive Inzucht wurde über 5 bis 7 Generationen fortgesetzt. Die Merkmale Salzempfindlichkeit und Salzresistenz traten nun sehr deutlich zutage. Bei allen empfindlichen Ratten war die durch das Salz verursachte Hypertonie schwerwiegend, ja tödlich, und bei den resistenten Tieren blieb der Blutdruck trotz umfangreichen Salzgaben praktisch unverändert. Wurde die Zucht unter gleichen Bedingungen weitergeführt, wurde offensichtlich, daß die Merkmale «salzresistent» und «salzempfindlich» an die jeweiligen Nachkommen weitergegeben wurden, weil sie im Erbgut verankert waren.

Die Erblichkeit der Hypertonie beim Menschen ist teilweise noch umstritten, doch sie zeigt sich an einer Reihe von übereinstimmenden Beobachtungen, worunter einige besonders auffallen. Erstens ist der Bluthochdruck sehr oft eine Familienkrankheit: Wer von uns hat nicht schon miterlebt, daß gewisse Familien in jeder Generation und oft in jungen Jahren von Herzinfarkten, Teillähmungen oder Geburtsdramen heimgesucht werden? Verantwortlich für solche Gefäßleiden ist der Bluthochdruck, der auf dem Erbweg übertragen wird.

Die Erblichkeit von Gefäßkrankheiten ist schon lange bekannt, schon im 18. Jahrhundert hat Giovanni Battista Morgagni, ein in ganz Europa hochgeschätzter Anatom, an den Ärzteschulen von Bologna und Padua die Anfälligkeit gewisser Familien für Hirnschläge erkannt.

Erstmals führte der amerikanische Mediziner D. Ayman 1934 an 1524 Personen aus 277 Familien eine genaue Erfassung dieser Erbübertragung durch. Die Ergebnisse bei den jüngsten Patienten zwischen 14 und 39 Jahren waren die auffallendsten: Bei Kindern, deren Eltern an Hypertonie litten, erkrankten 46% am selben Leiden. Die Häufigkeit sank auf 28% bei Kindern, wo nur ein Elternteil an Hypertonie litt und auf 3%, wenn beide Eltern keine solchen Beschwerden hatten.

Diese Ergebnisse wurden seither durch viele vergleichbare Untersuchungen mit kleineren Abweichungen bestätigt. Daß eine Krankheit in gewissen Familien besonders häufig auftritt, ist noch kein stichhaltiger Beweis dafür, daß sie erblich bedingt ist. Man kann auch schließen, daß die «familiäre Verdichtung einer Krankheit», wie es die Epidemiologen nennen, lediglich Folge einer pathogenen Umgebung ist, die die betroffenen Familien gemeinsam haben.

Im Falle des Bluthochdrucks wurde dieses schwierige Problem erst kürzlich, 1975, anhand einer Untersuchung in Quebec gelöst, in der man Familien mit eigenen Kindern und solche mit adoptierten Kindern verglich. Der Vergleich des Bluthochdrucks von Kindern und Eltern war beweiskräftig: Bei Blutsverwandtschaft zeigte sich eine Entsprechung, doch nicht bei Adoption. So ist also der genetische Faktor klar bewiesen.

Auch die Beobachtung von Zwillingen hat ähnliche Beweise erbracht. Sie konnte nur in den USA durchgeführt werden dank der etwas seltsamen, für Ärzte jedoch sehr nützlichen Einrichtung der Zwillingsklubs: Der Blutdruck von eineiigen Zwillingen ist auf den Millimeter genau gleich, und das bei allen Blutdruckwerten; bei zweieiigen Zwillingen kommt das zwar auch vor, jedoch nicht mit derselben Unfehlbarkeit.

Eine mögliche Erklärung

Aus dem Gesagten erkennen wir den Bluthochdruck als eine komplexe Krankheit, die aus der Verbindung von ererbten und erworbenen Mechanismen entsteht. Es geht also darum zu verstehen, wie und in welchem Grad sich der übermäßige Salzkonsum, der wichtigste erworbene Faktor, und eine zellbedingte Unordnung, die aus der Kombination von besonderen Genen entsteht, gegenseitig nachteilig beeinflussen.

Erinnern wir uns daran, daß das Salz im Körper auf beiden Seiten der Zellwand ungleich verteilt ist und daß es im Zwischenzellraum 15mal stärker konzentriert ist als in der Zelle. So war es logisch, erst einmal anzunehmen, daß eine Vergrößerung des Zwischenzellraums hauptsächlich für die Hypertonie verantwortlich ist. Während 30 Jahren war diese Hypothese sehr verbreitet, heute erscheint sie unzureichend, denn man konnte keine direkte Vergrößerung des Zwischenzellraumes oder eine dauernde Abnormität der beteiligten Hormone wie des Renin-Angiotensin-Aldosteron-Systems nachweisen.

Die Erforschung des Zwischenzellraums ist mit großen technischen Schwierigkeiten verbunden. Das erklärt zweifellos, weshalb so wenige Forscher diesen Weg eingeschlagen haben, obwohl der amerikanische Arzt Louis Tobian 1954 einen glanzvollen Anfang machte und zeigte, daß die Arterienwände von hypertoniekranken Tieren mehr Salz enthalten als diejenigen von Tieren mit normalem Blutdruck.

Zu den wenigen Verfechtern der These des Zellsalzes gehörte in Paris der Biologe Bernard Halpern, Professor für Experimentalmedizin am Collège de France. Dieser große Mann hatte die Gabe, mit Leichtigkeit junge Forscher für seine Labors zu gewinnen, zu denen ich während genau 20 Jahren zählte, und seine Begeisterung weiterzuvermitteln. Viele biologische Forschungsprojekte, vor allem die heute von unserer Gruppe am Hôpital Necker durchgeführten, gehen auf die Initiative dieses begabten und warmherzigen Mannes zurück.

Man begann sich vor 15 Jahren erneut für den Salzgehalt in der Zelle zu interessieren, als man feststellen konnte, daß die Erhöhung desselben über die Erhöhung des Kalziumspiegels eine Muskelkontraktion hervorrufen kann. Die Verkrampfung der peripheren Arteriolen, die, wie weiter oben erwähnt, den gefäßbedingten Faktor der Hypertonie darstellt, könnte somit lediglich eine Folge des erhöhten Salzgehaltes sein.

Die Regulierung des inneren Milieus, wie sie Claude Bernard nachgewiesen hatte, betrifft den Zwischenzellraum ebenso wie die Zelle. Die Konstanz des Salzgehaltes wird durch die «Natriumpumpen» gewährleistet, die sich in den Zellmembranen befinden. Eine Erhöhung des zelleigenen Salzes zeigt eine gestörte Funktion dieser Membranteile an.

In mehreren Laboratorien beschäftigt man sich intensiv damit, diese Störung bis ins feinste Detail zu erforschen. Vor drei Jahren wurde eine bedeutende Arbeit veröffentlicht, die verschiedene Vergleiche ermöglicht hat. Viele Grauzonen sind übriggeblieben, angesichts der Komplexität der organischen Materie, doch wichtige Punkte wurden geklärt, man kann sie im folgenden Schema zusammenfassen:

Beim Bluthochdruck besteht eindeutig eine Dysfunktion der Zellmembran, die den Salzgehalt in der Zelle erhöht. Sie scheint viele Zellen des Organismus zu befallen, die glatten Muskelzellen der Arteriolen, wo sie direkt die Krankheit verursachen kann, aber auch die Blutzellen, vor allem die roten, wo sie leicht nachzuweisen ist. Zu finden ist sie bei jungen Personen von Eltern mit Bluthochdruck, was eine erbliche Komponente nahelegt.

Unsere Gruppe am Hôpital Necker vertritt aufgrund der Grundlagenforschungen von Ricardo Garay beim Menschen und der Untersuchungen von Marie-Aude Devynck und Monique de Mendonça beim Tier die Hypothese, daß die Membranstörung primär bedingt sein könnte. Gemäß Ricardo Garay beeinträchtigt sie insbesondere den Natrium-Kalium-Austausch der Membran, der für einen ausgeglichenen Salzspiegel in der Zelle sorgt, während der Salzanteil im Zellzwischenraum bei einer starken Zufuhr über die Nahrung ansteigt.

Eine gewagte These?

Dank diesen neuesten Erkenntnissen konnte man auf der Ebene der Zellen das Zusammenspiel von genetischen und erworbenen Faktoren erklären, die der Hypertonie zugrunde liegen.

Wenn die Membrantätigkeit, die den Salzgehalt in den Zellen überwacht, vollständig intakt ist, schadet ein großer Salzkonsum nicht. Dagegen wird es gefährlich, wenn die Membranregulierung ungenügend ist, weil es dann zu einer Übersättigung der Zelle mit Salz kommen kann. Das ist ein allmählich auftretendes Phänomen, denn es gibt viele «Pumpen», die dafür Sorgen, daß das Zellmilieu aufrechterhalten wird; das Ausfallen einer «Pumpe» kann über eine gewisse Zeitspanne durch andere kompensiert werden, was mit dem langsamen Auftreten der Hypertonie übereinstimmt.

Demgemäß wäre also der Membranfehler als anlagebedingter Faktor für die Hypertonie zu betrachten. Er muß bereits vorhanden sein, tritt aber nicht in Erscheinung, wenn nicht übermäßig Salz konsumiert wird. Übertriebener Salzkonsum kann aber die Krankheit auslösen. Ist er bei einem jungen Menschen vorhanden, so besagt das lediglich eine Neigung zu dieser Krankheit, seine Erkennung gehört in den Bereich der Präventivmedizin. Man spricht dann von einer nicht lebensbedrohenden Abweichung.

Man kann zudem annehmen, daß der Membranfehler, der mit der Hypertonie einhergeht, von der Mutation eines oder mehrerer Gene herrührt. Lange Zeit hat man in neodarwinistischer Manier gedacht, unnötige Mutationen würden gewöhnlich durch das Aussterben der Träger ausgeschieden. In Wirklichkeit bestehen und halten sich letale Mutationen in allen Bevölkerungen auf einem gleichbleibenden Stand (wenn die Bevölkerung im Gleichgewicht ist) über Generationen; das beweist, daß bei gewissen Individuen (das heißt bei gewissen Genotypen) und bei bestimmten Umweltbedingungen diese an sich todbringenden Gene einen positiven Selektionswert aufweisen können. Das ist bei den Hypertonie erzeugenden Genen der Fall. Die große Verbreitung der Hypertonie bedeutet, daß diese Mutation zu einem gegebenen Zeitpunkt Vorteile für das menschliche Leben haben kann. Vielleicht ist sie ein wirksamer Schutz in heißen Klimas, wie sie die primitiven Völker ertragen mußten.

Denken wir daran, daß die Hitze starkes Schwitzen und somit einen Salzverlust im Körper verursachen kann, der zuerst im Zellzwischenraum auftritt. Unter solchen Bedingungen kann eine Veränderung der Membranfunktion, die das Salz im Zellinnern zurückhält, nur von Nutzen sein; sie schützt das Zelleben, wenn der Zellzwischenraum bedroht ist.

Die außergewöhnliche Verbreitung der Hypertonie bei gewissen afrikanischen Völkern kann vielleicht in diesem Sinn ausgelegt werden. Der Bluthochdruck ist nur eine Kehrseite des Fortschritts oder mindestens Ausdruck einer Änderung der Sitten. Man könnte sagen, der Mensch sei mit dem Aufbau des Wohlstands und der höheren Lebenserwartung für die Verwandlung einer ursprünglich nützlichen in eine schädliche Mutation verantwortlich, die seinen neuen Lebensumständen nicht mehr entspricht.

VII

Die Entwicklung der Medizin

Medizin und Hygiene haben im 20. Jahrhundert so rapide Fortschritte gemacht, daß die mittlere Lebenserwartung in Europa, um nur dieses eine Beispiel zu nennen, seit 1900 um 20 Jahre angestiegen ist.

Es brauchte Tausende von Überlegungen, um die Mechanismen der wichtigsten Lebensfunktionen zu verstehen, doch erst 50 Jahre sind vergangen, seit Behandlungsmethoden für gewisse Krankheiten gefunden wurden: Die Infektionskrankheiten sind fast vollständig besiegt, Stoffwechsel- und Drüsenstörungen können in vielen Fällen leicht behoben werden, die chronische Niereninsuffizienz ist (dank der künstlichen Niere und der Nierentransplantation) nicht mehr tödlich, und auch die Herzinsuffizienz hat man im Griff. Ebenso ist auch die Chirurgie nicht mehr ein gewagtes und ungewisses Unterfangen; Organe, die vor gar nicht so langer Zeit noch tabu waren, zum Beispiel Herz, Arterien oder

das Gehirn und die Nerven, können heute chirurgisch erfaßt werden.
Diese spektakulären Fortschritte geben Anlaß zur Annahme, daß die Lebensdauer des Menschen eines Tages nur noch davon abhängt, wie schnell sein Gewebe altert, und entscheidend vom «Lebensprogramm», das in der Genanlage vorgegeben ist.
Heute scheinen solche Triumphe in der Medizin nicht mehr so selbstverständlich. Die Erforschung von Krebs und Gefäßkrankheiten, die in den Industrieländern für die meisten Todesfälle verantwortlich sind, schreitet nur langsam voran. Die heute besiegten Krankheiten waren alle auf eine Hauptursache zurückzuführen; die heute noch unheilbaren entstehen aus dem Zusammenwirken verschiedener einzelner Vorgänge, die allein nicht zum Tragen kommen: Damit sich Krankheiten manifestieren, müssen diese Vorgänge zusammenwirken. Die Schwierigkeit liegt in der Vielfalt der Ursachen, die um so größer ist, als einige pathogene Faktoren erbbedingt und andere umweltbedingt sind. Diese auseinanderzuhalten ist nicht immer leicht, auch für den Spezialisten nicht.
Die meisten großen Erfolge der Medizin, die wir erwähnten und die auf eine unifaktorielle

Pathologie auf einer Krankheitsursache aufbauen, gründeten auf den Überlegungen und Prinzipien, die im 18. Jahrhundert und anfangs des 19. anatomisch-klinisch und später mit dem Konzept der Experimentalmedizin vertreten wurden. Zuerst geht es um das Erkennen der Physiologie, das heißt der Normalfunktion, dann muß man durch den Vergleich mit diesem Bezugssystem die verschiedenen, für eine Krankheit typischen Störmerkmale verstehen, um die genaue Ursache zu ermitteln, erst dann darf eine gezielte Behandlung einsetzen.

Bei Krankheiten mit mehreren Ursachen beruht das Vorgehen zwar auf einem sehr strengen Konzept, es ist aber komplizierter, weil man nicht eine, sondern zwei oder mehrere verantwortliche Ursachen sowohl innerhalb wie außerhalb des Organismus finden und ihr Zusammenwirken auf Molekularebene verstehen muß. Damit die Krankheiten mit vielfältigen Ursachen durchschaut werden können, ist es vermutlich erstmals in der Geschichte der Wissenschaft nötig, die Grundlagen-Molekularforschung in den viel größeren Rahmen anthropologischer und ökologischer Forschung einzubetten.

Dank diesem ziemlich anspruchsvollen Forschungsansatz ist es zum ersten Mal in der Medizin möglich geworden, eine Krankheit zu behandeln, deren Ursache nicht vollständig geklärt ist. Wenn man die schädliche Wirkung der Umwelt erkannt hat, braucht man den endogenen Prozeß nicht vollständig zu verstehen und kann trotzdem Einfluß auf den Verlauf nehmen: Die plurifaktoriellen Krankheiten, d. h. Krankheiten mit mehreren Ursachen, bieten sich gerade wegen ihrer Natur vorzüglich für ein neues Anwendungsfeld der Präventivmedizin an.

Die Erforschung des essentiellen Hypertonie ist ein vortreffliches Beispiel für diese Art Erkrankung und stellt uns vor zwei der vielversprechendsten Aufgaben der heutigen Medizin: Die Erforschung der Wechselbeziehung zwischen Genen und Umwelt einerseits und die Vorbeugung andererseits.

Unifaktorielle Krankheiten — Krankheiten mit einer einzigen Ursache

Die Infektionskrankheiten sind sicherlich das beste Beispiel für einen holotypischen Ansatz in der Medizin, bei dem jede klinische Störung auf eine einzige Ursache zurückgeführt werden kann, die genau umschrieben und etikettiert wird. Jedem Infektionskeim entspricht eine Reihe von typischen Symptomen, also besondere biologische Reaktionen, denen eine spezifische Behandlung entgegensteht.

Nun ist es so, daß die verschiedenen Vertreter einer Mikrobengruppe sich der Form nach zwar äußerst ähnlich sind, aber nicht die gleichen genetischen Anlagen besitzen und streng genommen eine andere Krankheit hervorrufen: Die sogenannten A-Streptokokken erzeugen die breitflächigen Haut- und Schleimhautreizungen bei Scharlach, während die O-Streptokokken die gewöhnlich nur im Gesicht auftretende Rose verursachen. Dasselbe läßt sich bei den Diplokokken beobachten, die aus der Verbindung von zwei kleinen kugelförmigen Körperchen entstehen: Einerseits lösen die Meningokokken eine akute Hirnhautentzündung aus, die Pneumokokken andererseits bewirken starke Beschwerden in der Lunge, und die Gonokokken wiederum die Gonorrhöe.

Dieselbe Unterscheidung trifft man bei den Spirochäten, deren spiralförmige Fäden sich äußerst ähnlich sind: Eine von ihnen, die durch die Ratte übertragen wird, verursacht eine heftige, aber nicht tödliche Krankheit, die iktero-hämorrhagische Spirochätose; eine andere, Treponema Pallidum, die durch Hautkontakt übertragen wird, ruft eine heimtückische chronische Krankheit hervor, die Syphilis, die in verschiedenen genau definierten Stadien alle Körpergewebe erfaßt; nur die Treponema Pallidum hinterläßt Immunreaktionen, die in den Laboratorien durch den Bordet-Wassermanntest nachgewiesen werden können.

Zur spezifischen klinischen Erscheinung jedes Krankheitskeims, seien es Mikroben, Viren oder Parasiten, gehört eine besondere Behandlung: Die Sulfonamide waren besonders wirksam gegen die Streptokokken, Penizillin ist noch heute sehr erfolgreich bei Syphilis, Izoniazid galt lange Zeit als Heilmittel für Tuberkulose, so wie Chinin noch heute trotz einer Unmenge von synthetischen Malariamitteln *das* Mittel gegen Malaria ist.

In vielen Zweigen der Medizin hat die Forschung ähnliche Wege eingeschlagen. Im Gebiet der Endokrinologie, der Lehre von den Drüsen und der inneren Sekretion, war sie am erfolgreichsten.

Man nahm an, die äußerst komplexen Funktionen vieler Körpergewebe würden durch die

Hormone geregelt, erhöht oder herabgesetzt. Das sind Substanzen, die im Blut zirkulieren und fern von ihrem Zielorgan durch die endokrinen Drüsen gebildet werden.
Als erstes erforschte man in der Endokrinologie die verschiedenen endokrinen Drüsen, indem man feststellte, wie sich ihr Ausfall auswirkt. In einer zweiten Phase wurden die Hormone chemisch analysiert, die zuerst den endokrinen Drüsen entnommen wurden, dann dank immer verfeinerten Methoden dem Blut, und man konnte schließlich polypeptidische und lipoide Hormone — die Steroide — unterscheiden. In der letzten, noch jungen Phase der Endokrinologie ging es um die Synthese, in der künstliche Moleküle hergestellt werden, die den natürlichen Hormonen genau entsprechen und dieselben Eigenschaften aufweisen.
In diesem wichtigen medizinischen Bereich war es bald an der Tagesordnung, durch detaillierte klinische Untersuchungen das fehlende oder überschüssig produzierte Hormon festzustellen, die Diagnose durch eine Blutanalyse zu bestätigen, bei einer übermäßigen Hormonausschüttung ein Antihormon oder, bei einem Mangel, das fehlende Hormon zu verordnen.

Dies ist ein sprechendes Beispiel für Forschungstätigkeit, die auf der genauen Erfassung einer biologischen Störung beruht.
Bereits am Anfang dieses Buches haben wir ein Beispiel für eine endokrine Erkrankung gegeben: nämlich die Addisonsche Krankheit, die mit einer mangelnden Ausschüttung des Nebennierenrindenhormons Aldosteron zusammenhängt, das vor allem die Salzabgabe an den Harn regelt.
Auch das umgekehrte Krankheitsbild, nämlich das Conn-Syndrom, das von einem Aldosteronüberschuß herrührt und wegen der mangelhaften Natriumausscheidung zur Hypertonie führt, wurde bereits beschrieben.
Doch die außergewöhnlichste Entdeckung der Endokrinologie blieb lange Zeit die Isolierung des Insulins, dessen Mangel für eine recht häufige und immer schwere Erkrankung, den Diabetes, verantwortlich ist. Das Insulin ist ein Pankreashormon, das die Zuckeraufnahme der Zellen steuert und hat eine Schlüsselstellung im Rahmen der Energieumwandlung. Mit ihrer Entdeckung des Insulins 1920 veränderten die kanadischen Ärzte Frederick Banting und Charles Best die Prognose bei Diabetes von Grund auf, denn die Krankheit konnte nun durch die Verab-

reichung von körperfremdem Insulin behandelt werden.

Noch in vielen Labors herrschen Forschungstendenzen, die nach einer einzigen Störursache suchen, genau definierbar und womöglich durch eine spezifische Therapie behebbar. Wie erwähnt, sorgten bei den höheren Lebewesen zahlreiche nervliche und hormonale Vorgänge dafür, daß der Blutdruck konstant bleibt. Obwohl die Verflechtung offensichtlich ist, glauben viele Wissenschaftler, man könne den einen oder anderen Mechanismus — zum Beispiel das Renin-Angiotensin-System oder das sympathische Nervensystem — als einzige Ursache für den Bluthochdruck betrachten.

Ebenso versuchen gewisse Krebsforscher zum Beispiel eine Krebsart einzig auf einen gewissen Giftstoff zurückzuführen, oder andere Fachleute im Bereich der Lipoide behaupten, der erhöhte Cholesteringehalt im Blut erkläre das Auftreten der Arteriosklerose. Es gibt auch Neurobiologen, die überzeugt sind, eine Stoffwechselstörung des Hirnserotonins sei die alleinige Ursache der Schizophrenie.

In Wirklichkeit weist alles darauf hin, daß solche Vereinfachungen unzulässig sind und daß von so eng gesteckten Vorstellungen wenig Gutes zu erwarten ist. Es ist heute unbestritten, daß bei vielen Krankheiten mit vermeintlich nur einer Ursache das scheinbar einfache Störungsbild nur auf das Überwiegen eines pathogenen Faktors zurückzuführen ist. Die meisten dieser Erkrankungen weisen mehrere Verursachungsfaktoren auf. Würde man diese in der Forschung vernachlässigen, so müßte bald ein steriles Bild entstehen, das zu enttäuschenden Teilresultaten führen würde.

Plurifaktorielle Krankheiten — Krankheiten mit mehreren Ursachen

Schon lange weiß man in der klinischen Forschung, daß trotz der scheinbaren konstanten Merkmale des bakteriellen Erregers die Symptome und die klinischen Erscheinungsformen der Infektionskrankheiten sehr vielgestaltig sein können. Jede Infektionskrankheit weist zwar ein bestimmtes klinisches Bild auf, das bei den meisten Patienten ziemlich übereinstimmt. Es lassen sich jedoch neben dieser typischen Symptomatik viele Abweichungen beobachten.

Bei den ganz normalen Kinderkrankheiten

rufen die verschiedenen Mikroben jeweils einen typischen Ausschlag hervor. Er zeigt sich in der Praxis allerdings oft ganz verschieden, und so entsteht eine gewisse Unsicherheit in der Diagnose, die in der praktischen Alltagspädiatrie wohlbekannt und umstritten ist.
Auch die Stärke der Erkrankung ist oft unterschiedlich. Jede Infektionskrankheit, auch eine gewöhnlich harmlose, kann sehr schlimme Formen annehmen und das Leben ernsthaft bedrohen. Umgekehrt kann eine Infektionskrankheit latent und ohne deutliche Symptome verlaufen: Eine tuberkulöse Infektion kann diffus auftreten und gleichzeitig die drei großen serösen Häute befallen — Hirnhaut, Bauchfell, Herzbeutel — oder umgekehrt vollkommen verborgen bleiben. Die Syphilis, zum Beispiel, bringt bei den einen Patienten zahlreiche, leicht erkennbare Anzeichen hervor, während sie bei anderen lange latent bleibt und nur durch gründliche Blutuntersuchungen zu erkennen ist.
So haben die Ärzte bei allen Krankheiten neben den bekannten Formen eine Reihe von atypischen Verläufen festgestellt, die man unbedingt kennen sollte, um eine verbindliche Diagnose stellen zu können.
Lange Zeit stand man ratlos vor dieser Varia-

tionsbreite der Symptome. Zuerst dachte man an verschiedene Infektionswirkungen oder Gefährlichkeit der Keime. Dann ging es um den «Boden», das heißt um die Aufnahmebereitschaft jedes Menschen für einen gewissen Keim, die sich im Laufe des Lebens verändern kann, zum Beispiel bei Schwangerschaft und im Alter. Doch sie ist auch — oder vielleicht vor allem — durch ungleiche genetische Faktoren bedingt, die gewisse Immunreaktionen und die Körperabwehr gegen Infektionsherde steuern. In neueren Tierversuchen konnte man sogar gewisse Gene bestimmen, die die Immunreaktion auf Infektionen steuern.

Die vielfältigen genetischen Erscheinungsformen des Menschen lassen sich nicht in einen stereotypen, klinischen Rahmen pressen. Der Bluthochdruck ist ganz offensichtlich eine plurifaktorielle Krankheit mit anlagebedingten und erworbenen Ursachen. Noch deutlicher tritt das an einer seltsamen Krebsart zutage: Am Nasen-Rachen-Krebs in China, einer erstaunlichen Entdeckung der geographischen Hämatologie. Die Bewohner einer relativ beschränkten Gegend im Südosten Chinas am unteren Lauf des Si-Kiang beidseits der Mündung, von Hong-Kong im Norden nach Macao im Süden, leiden äußerst häufig an einem schlimmen Krebs des Nasen-Rachen-Raums. In China entfallen darauf 20% der Krebserkrankungen. In anderen Teilen der Welt ist er viel seltener, in Europa tritt er zum Beispiel fünfmal seltener auf. Heute beginnt man zu verstehen, worauf dies zurückzuführen ist. Dieser Nasen-Rachen-Krebs wird gleichzeitig von drei Faktoren ausgelöst: durch eine gewisse erbliche Disposition, ein Virus und die Ernährung mit viel rohem Fisch.

Den Erbfaktor beweisen verschiedene Beobachtungen. Nichtasiatische Völker, die in China leben, werden deutlich von diesem Nasen-Rachen-Krebs verschont; so die Portugiesen in Macao, die zum Teil seit mehreren Jahrhunderten in dieser Gegend leben und trotzdem kaum wesentlich stärker befallen werden als in ihrem Ursprungsland, obwohl viele unter den gleichen Bedingungen leben wie die Chinesen. In Familien, wo sich Chinesen und Portugiesen gemischt haben, treten deutlich Zwischenwerte auf. Auf Vererbung weist auch die Tatsache hin, daß die betroffenen Chinesen alle offenbar eine ganz besondere Gewebegruppe aufweisen (Gruppen des übergeordneten Gewebeverträglichkeitssystems HLA).

Allein, der Erbfaktor ist nicht der einzige, denn die Chinesen aus dem Südosten des Landes, die in andere Länder, zum Beispiel in die USA, ausgewandert sind, leiden weniger häufig an diesem Krebs des Nasen-Rachen-Raums als in ihrem Herkunftsland. Daraus läßt sich folgern, daß es krebsfördernde Faktoren gibt, die besonders in Südostchina bestehen. Da ist als erster der Ernährungsfaktor: In dieser Gegend ißt man große Mengen von rohem Fisch, an der Sonne getrocknet und nicht ausgenommen, der besondere Stoffe enthält, die Nitrosamine, deren krebserregende Wirkung in Laborversuchen nachgewiesen wurde. Der zweite ist ein überall vorkommender Virus. Er wurde nach den Biologen benannt, die ihn entdeckt hatten: Epstein-Barr. Die Zellen des Nasen-Rachen-Krebses sind immer davon befallen.
Doch dieser Virus ist in sehr unterschiedlichem Maß krankheitserregend, je nach Kontinent. In Europa und bei allen Völkern europäischer Abstammung führt er zur infektiösen Mononukleose, einer meist gutartigen Krankheit, die als Angina mit schleichendem Fieber auftritt und nur dadurch auffällt, daß eine starke Störung im Bild der weißen Blutkörperchen herrscht und extreme Erschöp-

fung. Die Krankheit heilt meist spontan. In Äquatorialafrika dagegen wie auch im Fernen Osten bewirkt dieser Virus einen Krebs, allerdings sehr anderer Art als der Nasen-Rachen-Krebs. Auch dieser ist sehr angriffig, er befällt Kinder und zwar an den Gesichtsknochen und den Lymphgefäßen des oberen Halses. Bluthochdruck, chinesischer Nasen-Rachen-Krebs, afrikanischer Gesichtskrebs sind sehr eindeutige Beispiele für plurifaktorielle Erkrankungen.

Welchen Anteil Erbgut und erworbene Faktoren haben, sollte ein Forschungsanliegen der Zukunft sein. Nur so wird man ergründen, warum gewisse Leute bei Tabakmißbrauch an Lungenkrebs erkranken, während andere gesund bleiben, oder weshalb ein gleicher Alkoholkonsum bei einigen eine Leberzyrrhose verursacht und bei anderen eine Nierenentzündung. Dieser doppelte Ansatz wäre sicherlich auch für die Psychiatrie sehr fruchtbar, wie gewisse Beispiele bereits heute zeigen.

Es gehört zu den faszinierendsten Aufgaben der heutigen Biologie, eine erblich bedingte Neigung zu gewissen Krankheiten aufzudekken.

Dieses Unterfangen ist nicht ohne Schwierigkeiten, denn es geht darum, die biologische Persönlichkeit eines Menschen vollständig zu erfassen, die ihm Tausende von Generationen vor ihm übertragen haben und die er an Tausende von späteren Generationen weitergeben wird. Abgesehen von dieser grundsätzlichen Schwierigkeit sind Fehler unzulässig und es sind flexible Ermittlungstechniken nötig, die auf viele Menschen angewandt werden können. Zudem erreichen wir immer nur Wahrscheinlichkeitsergebnisse, nie volle Gewißheit und auch nicht absolute Ursachen.

1900 bewies der Wiener Arzt Karl Landsteiner zum ersten Mal die genetische Vielgestaltigkeit des Menschen, als er entdeckte, daß die Membranen der roten Blutkörperchen nicht bei allen Menschen gleich sind. Auf der Oberfläche dieser Blutkörperchen sind komplexe Strukturen vorhanden, eine Mischung aus Zucker und Eiweißen, die von Mensch zu Mensch verschieden sind. Bei den einen folgt die Zusammensetzung dem speziellen Muster A; bei andern liegt das Muster B vor und bei einer dritten Gruppe weder A noch B; solche nennt man 0-Typen. Diese Membranstruktur wird vererbt, und Landsteiner hat eine Einteilung in vier Kategorien vorgeschlagen: Gruppe A (mit Membranstruktur A), Gruppe B (mit Struktur B) und Gruppe 0 (weder A noch B) sowie etwas seltener Gruppe AB (mit Strukturmerkmalen vom Typ A und B).

Man kann das Blut dieser vier Gruppen nicht beliebig mischen. Gibt man Blutgruppe A oder B jemandem, dessen rote Blutkörperchen diese Struktur nicht haben (also 0), so zerstören Antikörper das neu zugeführte Blut, das der Organismus als Fremdstoff empfindet. Angehörige der Gruppe A können nur Blut vom Typ A ertragen oder 0 (denn dieser ist ein universeller Blutspender, da er weder A- noch B-Merkmale aufweist). Menschen mit Blutgruppe B können nur Blut vom Typ B oder 0 ertragen und Blutgruppe AB nur Blut vom Typ AB oder 0. Die Entdeckung der Blutgruppen hatte also auch praktische Auswirkungen, es wurden Bluttransfusionen möglich, welche ihrerseits wichtige Fortschritte in der modernen Chirurgie ermöglichten.

Vierzig Jahre nach dieser Entdeckung, die zum ersten Mal einen Beweis für die biologische Verschiedenheit der Menschen erbrachte, stießen Landsteiner und sein Schüler Wiener, diesmal in seinem amerikanischen Labor, auf eine neue Blutgruppe, die ebenfalls auf der Oberfläche der roten Blutkörperchen festzustellen ist: die Rhesusgruppe. Träger dieses Merkmals nennt man Rhesus positiv, wo es fehlt, spricht man von Rhesus negativ. Viele weiter auf Vererbung deutende Moleküle auf der Oberfläche der roten Blutkörperchen wurden von Landsteiner im Anschluß an seine Entdeckung identifiziert. Diese neuen Gruppen bezeichnete er manchmal mit Buchstaben M, N, S, oder P. Einige erhielten den Namen des Wissenschaftlers, der sie entdeckt hatte, andere benannte man nach den Personen, an denen sie nachgewiesen wurden — Lewis, Kell oder Duffy.

1952 entdeckte der französische Arzt Jean Duasset, der sich mit Bluttransfusionen gut auskannte, daß auch auf der Oberfläche der weißen Blutkörperchen Gruppen nachweisbar sind, die sich von denen auf den roten Blutkörperchen unterscheiden; sie sind auch in den meisten Geweben vorhanden. Einige Jahre später erkannte man die wichtigste

Gruppe der weißen Blutkörperchen in verschiedenen Laboratorien dank dem beachtlichen Einsatz internationaler Verbände; es handelt sich um die als HLA (Human Leucocyte Antigen) bekannten sogenannten Antigene der menschlichen weißen Blutkörperchen.

Jeder von uns hat von seinen Eltern mindestens drei HLA-Merkmale geerbt: A, B, und C. So enthält also die Molekularformel des menschlichen Gewebes sechs Merkmale. Sechs Merkmale können aufgrund des genetischen Zufalls zwischen 20 und 40 Varianten erzeugen. Die Kombinationsmöglichkeiten sind also Millionen, und jedesmal entsteht eine neue Formel der Gewebegruppe, sozusagen eine eigentliche biologische Identitätskarte.

Wenn man menschliche Haut auf ein anderes Individuum transplantiert, so wächst in einem Fall die neue Haut an, weil sie die für ihr Überleben wichtige Gefäßverbindung findet, sie kann aber auch abgestoßen und durch gewisse weiße Blutkörperchen des Empfängers zerstört werden. Diese weitaus häufigere Erscheinung zeigt sich bei verschiedenen Menschen unterschiedlich schnell. So verhält es sich mit allen Verpflanzungen, den Nierenverpflanzungen zum Beispiel, die die Sage der Chimära veranschaulichten, noch bevor man das HLA-System kannte. Sie veranschaulichen die Eigenart der Organismen, Fremdes als solches zu erkennen, das «Eigene» vom «Nicht-eigenen» zu unterscheiden.

Die Verträglichkeit von Hauttransplantationen hängt vom Grad der Ähnlichkeit zwischen der HLA-Gruppe von Spender und Empfänger ab: Wenn sich die HLA-Systeme gleichen, wird die fremde Haut nur langsam abgewiesen; je unähnlicher die HLA-Systeme sich sind, desto heftiger ist die Abstoßung. Die Verträglichkeit einer Nierentransplantation folgt denselben Regeln.

Der Ausgleich in der Vielgestaltigkeit

Die Entdeckung des HLA-Systems hat gezeigt, daß jeder Mensch einmalig ist und daß es außer bei eineiigen Zwillingen nie auf Erden zwei genetisch gleiche Menschen gegeben hat. Es handelt sich um einen Unterschied, der gewissermaßen nur oberflächlich auftritt, über den festen Grundmerkmalen der Art als Einheit. Doch dieser Unterschied ist dennoch so entscheidend, daß er die Verträglichkeit von Transplantationen beeinflußt.

In der Welt des Lebendigen widerspricht genetische Einförmigkeit grundsätzlich der Beständigkeit einer Art, umgekehrt erhöht die Vielfalt der genetischen Anlagen die Widerstandskraft gegen die unvermeidlichen Schwankungen der Umgebung. Die großartigen, reinrassigen Hengste der modernen Pferde-Rennbahnen würden rasch sterben, wenn man sie einfach wieder in die Wildnis entließe. Auch sogenannt reinrassige Hunde könnten kein natürliches Leben führen. Die Einförmigkeit schränkt die Verteidigungsmöglichkeiten ein, während die Vielgestaltigkeit offensichtlich die Abwehrreaktionen stärkt. Sie ist ausgeglichen, oder besser, sie schafft Ausgleich.

Die Beringstraße, die heute Ostsibirien und Alaska voneinander trennt, war vor etwa 50 000 Jahren Festland und verband die beiden Kontinente mehrere 10 000 Jahre lang. Die Austrocknung war die Folge einer langen Eiszeit, während der sich über 50 000 bis 60 000 Jahre gewaltige Wassermengen im Polareis angesammelt hatten. Der Meeresspiegel war entsprechend gesunken und lag 200 bis 300 m unter dem heutigen Niveau.

Asiaten, die sicherlich Vorfahren der Völker Ostrußlands und Nordjapans sind — wie die Ainus der Insel Hokkaido —, ließen sich zuerst auf der Landzunge von Bering nieder, dann wanderten sie auf den amerikanischen Kontinent und besiedelten ihn von Norden nach Süden. Während mehreren 10 000 Jahren lebten diese Völker abgeschieden auf dem amerikanischen Kontinent, der damals leer war und noch keine großen Völkerverschiebungen erlebt hatte, die nur in der Alten Welt, im Mittleren Orient, in Südasien und Europa stattgefunden hatten. Die amerikanischen Indianer, die von jeder genetischen Auffrischung von außen abgeschirmt waren und innerhalb ihrer kleinen Gruppen zur Inzucht gezwungen waren, verloren nach und nach die genetische Vielfalt ihrer Vorfahren. Die in Asien zurückgebliebenen Völker zeigen eine große Variationsbreite in der Blutzusammensetzung, sogar weltweit die ausgeprägteste, dagegen haben fast alle amerikanischen Indianer Blutgruppe 0. Sie fristeten ein friedliches Leben während Tausenden von Jahren und blieben von den großen Endemien und Epidemien durch Viren, Parasiten und Infektionen verschont, die immer mit den Völkerwanderungen einhergingen.

Alles änderte sich, als die Europäer nach Amerika kamen. Amerikas Indianer brauchten weniger deren Waffen zu fürchten als deren Mikroben, die in diesen unberührten Gegenden schlimmen Schaden anrichteten. Die Infektionskrankheiten waren der eigentliche Grund für das Völkersterben, das auf die Eroberung der Neuen Welt folgte. Bei der Entdeckung hatte Peru eine Bevölkerung von etwa drei bis vier Millionen Menschen, nach nur einem Jahrhundert war sie auf die Hälfte oder sogar weniger geschrumpft.
Ein gewisser Ausgleich stellte sich ein, als neues genetisches Gut hinzukam und Mischvölker entstanden, die sich rasch entwickelten und fortpflanzten.
Die Trypanozytose, eine Krankheit der roten Blutkörperchen, die die Schwarzen Afrikas und Amerikas und die indische Bevölkerung zu Millionen befiel, ist eines der besten Beispiele für die Vorteile der Vielgestaltigkeit. Sie beruht auf einer Mutation des Gens, das die Synthese der B-Kette des Hämoglobins steuert: Eine einfache Veränderung der Aminosäure im 6. Glied des Hämoglobins S (HbS) bewirkt unter gewissen Bedingungen eine Verminderung der Anzahl der roten Blutkörperchen und eine Deformation zu Si-

cheln. Kranke, die von zwei Eltern mit Hämoglobin S abstammen, leiden und sterben an dieser Art von Anämie, dagegen zeigen Menschen, die einen Elternteil mit abnormem Hämoglobin S und einen mit normalem Hämoglobin (A) besitzen, keinerlei klinische Veränderung. Diese AS-Individuen sind erstaunlich widerstandsfähig gegen Malaria, die in Afrika ja äußerst verbreitet ist und schlimme Formen annimmt. Der durch Mücken übertragene Malariaerreger ist ein Blutschmarotzer und dringt sehr leicht in Blutkörperchen mit Hämoglobin A ein, nicht aber in diejenigen mit Hämoglobin S.

So hat sich also die Mutation in ein abnormes Hämoglobin als günstig erwiesen, wenn gleichzeitig ein Zusammenschluß mit einem normalem Hämoglobin besteht: Bei der Malaria ist die einheitliche Anlage schlimm, die gemischte von Nutzen.

Mit dem Rassendenken ist es wie mit einem Waldbrand; wenn man glaubt, ihn im Griff zu haben, lodert er anderswo wieder auf. Schuld daran sind zum Teil auch die Biologen, die nicht genügend betont haben, daß die Vielfalt des Lebens innerhalb der Einheit eigentlich die Grundlage für die Entwicklung ist. Die Entdeckung der Blutgruppen, dann der HLA-

Gruppen, gibt uns eine klarere Vorstellung von dem, was wir Erbgut nennen. Seit dem Neolithikum kann sich die Menschheit vor den Umwelteinflüssen einigermaßen schützen, die sie beherrschen gelernt hat. Von nun an muß sie die Verstärkung und die Pflege dieser Vielgestaltigkeit selber an die Hand nehmen. Diese genetische Auffrischung innerhalb der Art findet notwendigerweise über die Rassenmischung statt.

Genetische Anzeiger und Krankheiten

Der Einbezug der HLA-Gruppen bei der Erkennung der individuellen Anlage im Unterschied zu der individuumfremden legte natürlich die Annahme nahe, daß gewisse Gruppen das Auftreten von bestimmten Krankheiten begünstigen können. Diese Möglichkeit zog man schon bei den roten Blutkörperchen in Betracht.

Solche Gedanken tauchten bei den Infektionskrankheiten und beim Krebs nicht auf (außer in China beim Nasen-Rachen-Krebs) trotz der deutlichen Immunreaktionen; doch ein offensichtlicher Zusammenhang kann bei anderen Erkrankungen festgestellt werden,

die sicherlich rarer sind (vielleicht gerade weil sie rarer sind), von denen wir jedoch eine lange, noch nicht abgeschlossene Liste machen könnten.
So zum Beispiel die ankylosierende Spondylarthritis, eine rheumatische Erscheinung, die starke Beschwerden verursacht, meistens an der Lendenwirbelsäule, und sich rasch entwickelt. 80% der von dieser Krankheit Befallenen haben eine besondere HLA-Gruppe, HLA-B 27, während die Häufigkeit dieser Gruppe im Bevölkerungsdurchschnitt nur 10% ausmacht. Mit anderen Worten, ein Mensch mit der Gewebegruppe HLA-B 27 erkrankt mit 120mal größerer Wahrscheinlichkeit an Spondylarthritis als Vertreter anderer Gruppen. Bei Männern ist diese Gefahr sogar noch 500mal größer als bei Frauen.
Ebenso ist es, ohne ins Detail der HLA-Gruppen gehen zu wollen, bei der Multiplen Sklerose (bei der langsam, aber unaufhaltsam eine Zerstörung des zentralen Nervensystems eintritt), bei Hautkrankheiten wie der Psoriasis, der Hämochromatose und dem insulinabhängigen Jugenddiabetes.
Doch nicht nur das HLA-System deutet auf eine genetische Veranlagung für gewisse Krankheiten hin. Kürzlich wurde bekannt,

daß Anomalien in der Zellmembranfunktion, die eindeutig in den Blutzellen, vor allem in den roten Blutkörperchen nachweisbar sind, zur Erkennung von genetischen Prädispositionen für bestimmte Krankheiten dienen können. Das trifft auf den Bluthochdruck zu, aber auch auf eine ganz besondere Geisteskrankheit, die manisch-depressive Psychose, in der sich Schwermut und Übererregung abwechseln und die in extremer Form die den meisten Menschen eigenen Stimmungsschwankungen widerspiegelt — oder auch bei gewissen Fällen von familiär bedingter Fettleibigkeit. Bei diesen drei Erkrankungen ist eindeutig ein genetischer Faktor wirksam.
Diese Veränderungen betreffen den Ionenaustausch (Ionen sind Molekülteilchen mit einer elektrischen Ladung) durch die Fett- und Proteinschicht (Membran), die jede Körperzelle umgibt. Dieser Austausch, der für das Zelleben unentbehrlich ist, wird durch Proteine gesteuert, die die Ionen gewissermaßen einfangen, um sie von der Zelle in den Zellzwischenraum zu befördern oder umgekehrt. Das Funktionieren dieser Transporteiweiße hängt von bestimmten Genen ab. Die Membranveränderungen, wie sie bei Bluthochdruck, manisch-depressiver Psychose

und Fettleibigkeit beobachtet werden können, sind offensichtlich verschieden. Bei der ersten Erscheinung tritt ein vermehrter Natrium-Natrium-Austausch auf sowie eine Senkung des Natrium-Kalium-Austausches; bei der zweiten ist der Austausch reduziert, und bei der dritten ist die «Natrium-Pumpe» beschränkt aktiv. Mit anderen Worten, zu jeder dieser drei Krankheiten gehört eine besondere Störung der Membranfunktion. Dieser Zusammenhang wurde erstmals bei Erwachsenen nachgewiesen, die erwiesenermaßen an einer dieser Krankheiten litten. Man konnte ferner auch beweisen, daß dieselben Membranveränderungen bei den Eltern und bei gewissen Nachkommen dieser Kranken vorlagen. Bei letzteren, die jung und scheinbar kerngesund sind, läßt sich befürchten, daß die Membranstörung eine Erbneigung zur Krankheit ihrer Eltern anzeigt. Bei diesen muß man unter allen Umständen versuchen, sämtliche Faktoren, die den Ausbruch dieser genetischen Anlage fördern könnten, auszuschalten. Was bei der manisch-depressiven Psychose und bei Fettleibigkeit angezeigt wäre, ist noch nicht mit Sicherheit festzustellen. Einfach scheint es schließlich beim Bluthochdruck, denn wie

vorauszusehen war, muß man lediglich den Salzkonsum herabsetzen.
So ergeben sich immer mehr Möglichkeiten, eine gezielte Vorbeugung individueller Art zu betreiben, wenn man die biologischen Merkmale erfaßt, die vererbt wurden und eine familiäre Neigung zu gewissen Krankheiten anzeigen. Diese neue medizinische Ausrichtung, die mit der Entdeckung der Erythrozyten, der roten Blutkörperchen und des HLA-Systems begann und heute zur Ionentransmission durch die Membrane geführt hat, dürfte auf viele plurifaktorielle Krankheiten anwendbar sein, haben sie nun anlagebedingte oder erworbene Ursachen. Schon heute leistet sie für den Bluthochdruck nützliche Dienste. Neue Forschungsrichtungen, neue Behandlungsmethoden setzen sich langsam durch.

Wechselwirkung von Genen und Umgebung

Am wichtigsten ist es bei diesen Krankheiten mit mehrfachen Ursachen, daß man die Verbindung zwischen schädlichen Umwelteinflüssen und den krankheitsfördernden Erbfaktoren versteht. Offensichtlich kann man bei den drei erwähnten Krankheiten anhand

der Beobachtung der funktionellen Äußerung dieses grundsätzliche Problem zum Teil angehen.
Betrachten wir zuerst einmal den Bluthochdruck: Die deutlichste Folge des beobachteten verminderten Austausches ist ein Anstieg des Natriumgehalts im Zellinnern, der sich nach und nach mit der Überlastung durch Speisesalz zeigt. Wenn es sich um eine diffuse Störung handelt, die auch die direkt mit dem Entstehen der Hypertonie verbundenen Zellen betrifft, wie die Muskelzellen der Arteriolen, dann haben wir eine mögliche Erklärung für die Krankheit, denn diese Erscheinung kann ein Zusammenziehen verursachen.
Auch bei der manisch-depressiven Psychose gehört die Membranveränderung in den Krankheitsverlauf: Eine Störung des Ionenflusses zwischen den Membranen der Hirnzellen könnte bis zu einem gewissen Grad für die Stimmungsschwankungen von der tiefsten Depression bis zur höchsten Erregung verantwortlich sein, die für dieses schwere Leiden typisch sind. Die großen Therapieerfolge mit Lithium, das eine gewisse Ähnlichkeit mit dem Natrium aufweist, spricht für diese Hypothese.
Ähnliche Überlegungen mögen für die Fälle

von familienbedingter Fettleibigkeit zutreffen, denn der Ionenfluß der «Natriumpumpe» bewirkt in den Zellen die Aufnahme von zahlreichen Nährstoffen wie Zucker und Aminosäuren. Solange der Nahrungskonsum bescheiden bleibt, bleibt das Zelleben dank den Kompensationsmechanismen ziemlich normal, doch sobald wiederholt Nahrungsüberschuß auftritt, droht Fettleibigkeit, die besonders bei Menschen ausgeprägt ist, die den Membranfehler haben.

Verhütung von Krankheiten

Dadurch, daß sie Krankheiten verhindert, das Wohlbefinden fördert und die Kosten des Gesundheitswesens niedrig hält, hat die Präventivmedizin entschieden Vorteile gegenüber der konventionellen Therapie, die erst dann einsetzt, wenn eine Krankheit bereits vorliegt. In Zukunft wird sich die Medizin eindeutig mehr von der Therapie auf die Vorbeugung verlagern müssen.

Oft vergißt man ob den medizinischen Behandlungserfolgen (Entdeckung neuer Medikamente) und der Chirurgie die Prävention. Wenn sie manchmal noch auf wackeligen Füßen steht, dann, weil sie viel schwerer zu formulieren ist als die Therapie: Äußerst wirksame Medikamente wurden zufällig entdeckt und viele unterdrücken lediglich die Symptome, ohne den eigentlichen Grund einer Krankheit zu erfassen, die nur durch genaue Kenntnis verhütet werden kann. Zudem hat leider noch nicht jedermann ein Bewußtsein für die Vorbeugung, zwei Jahrhunderte Rationalismus haben offenbar nicht genügt, die Vorstellungen vom Schicksals- und Strafcharakter von Krankheiten zu beseitigen.

Echte Vorbeugung kann erst beginnen, wenn man die krankmachenden Mechanismen kennt. Die Vorbeugung bedingt eigentlich eine vorangehende Grundlagenforschung. Der Erfolg und die allgemeine Anwendung bei den Infektionskrankheiten, wo sie auf bakteriologisch und immunologisch sehr genau erforschten Tatsachen gründet, mag dies beweisen. Ebenso setzte die Hygiene eine genaue Kenntnis der biologischen Zyklen gewisser Infektionskeime und Parasiten voraus. Die Präventivmedzin bei Infektionskrankheiten nahm ihren Anfang am 14. Mai 1796, als der englische Arzt Edward Jenner der an Kuhpocken erkrankten Magd Sarah Nelmes den Inhalt einer Pockenpustel entnahm und

ihn einem Jungen namens James Phipps einimpfte.
Nach zehn Tagen bildete sich eine typische Pockenpustel am Ort der Impfung, die ohne Komplikationen ausheilte. Dann hatte Jenner die Kühnheit, diesem Jungen eine andere Krankheit einzuimpfen, eine menschliche diesmal, die oft einen schlimmen Verlauf nahm: die echten Pocken. «So wie ich es vorauszusagen wagte», meinte Jenner, «folgte auf diese Impfung keine Reaktion.»
Jenner bewies damit, daß das, was die damaligen Bauern ahnten, tatsächlich zutraf: Eine harmlose Viehkrankheit — die Kuhpocken — kann das Ausbrechen einer schweren menschlichen Erkrankung, der Pocken, verhindern. Später verstand man, daß der Schutzeffekt der Kuhpocken von der gekreuzten Immunität gegen den Virus herrührte, der demjenigen der Pocken sehr verwandt ist. Das erste große Ereignis in der Geschichte der Präventivmedizin, die Pockenimpfung von Jenner, war ein Kind des Empirismus; es fehlten noch die wissenschaftlichen, die bakteriologischen und immunologischen Analysen von Pasteur, um die eigentliche Impfbehandlung, das Serum und die Vorbeugungsmaßnahmen bereitzustellen.

Fast ein Jahrhundert nach Jenner beobachtete Pasteur, daß Bakterien und Viren, wenn sie erhitzt oder mit Formol behandelt werden, ihre Ansteckungskraft verlieren, ohne jedoch ihre Antigen-Wirkung einzubüßen; damit hatte er die wissenschaftliche Grundlage der Impfung entdeckt, die darauf beruht, daß man spezifische Immunreaktionen gegen einen ansteckenden Stoff, vor dem man sich schützen will, hervorruft.

Am 6. Juli 1885 wurde der junge Joseph Meister, der von einem tollwütigen Hund gebissen worden war, erfolgreich geimpft. Ihm wurde getrocknetes Rückenmark eines tollwütigen Hasen eingespritzt: Mit demselben Erfolg wurde das Experiment an Jean-Baptiste Jupille, einem jurassischen Schäfer, wiederholt.

Vier Patienten und zwei Biologen haben diese außergewöhnliche Errungenschaft ermöglicht. Dank der Impfung sind heute die meisten Infektionskrankheiten und viele Viruserkrankungen besiegt und praktisch verschwunden. Der Weltgesundheitsorganisation wurde in den letzten Jahren nicht ein einziger Pockenfall mehr gemeldet; die Tragödien von Tetanus und Polimyelitis sind höchstens noch düstere Erinnerungen; die Tuberkulose ist so stark zurückgegangen, daß die Sanatorien und Krankenhäuser nicht mehr ihren ursprünglichen Zweck, sondern andere Aufgaben erfüllen; sogar die virale Gelbsucht und gewisse schwere Grippeerkrankungen können heute durch immer wirksamere Impfstoffe verhütet werden.

Einige Infektionskrankheiten werden von Mikroorganismen hervorgerufen, die nicht direkt von Mensch zu Mensch übertragen, sondern über Zwischenwirte weitergegeben werden, oft sind es Insekten. Wenn man diese Träger beseitigt, kann die Krankheit nicht übertragen werden: Hygiene ist ein wichtiger Grundsatz der Präventivmedizin.

Die Pest verschwand in Europa endgültig im 19. Jahrhundert, nach einer langen Folge von dramatischen und verheerenden Epidemien. Der Erreger lebt auf den Ratten, vor allem den Feldratten und den Kanalratten: Er wird durch den Floh übertragen. Mit der Sanierung von Häfen und Städten wurde Europa als erster Kontinent dieser Plage Herr. Die andern folgten mit einigen Jahrhunderten Verspätung.

Die Geschichte des Fleckfiebers, dessen Erreger durch Läuse übertragen wird, ist vergleichbar. Als Begleiterscheinung von

Schmutz tritt es in den Entwicklungsländern endemisch auf und kann auch in den Industrieländern jederzeit wieder auftauchen bei Katastrophen, die die Hygiene des Menschen einschränken.
Parasitenerkrankungen folgen oft einem komplizierten biologischen Zyklus, in dem ebenfalls ein oder mehrere Zwischenwirte auftreten. In tropischen und subtropischen Gebieten zum Beispiel sind die Bilharziose (Blasenwurmkrankheit) und die Malaria die beiden schweren Parasitenkrankheiten, die jährlich viele Millionen Todesopfer fordern. Der Bilharziose-Erreger entwickelt sich im Wasser, bevor er den Menschen befällt, und der Erreger der Malaria wird durch eine Mücke übertragen. Diese Krankheiten konnten durch Gewässersanierungen und die Verwendung von Insektiziden ganz erheblich eingedämmt werden.
Die Ausrottung der Erreger ist allerdings schwierig, denn die Beseitigung der Zwischenwirte kann das ökologische Gleichgewicht auf unvorhergesehene und gefährliche Weise stören und gewisse Überträger, vor allem die Mücken, werden mit der Zeit resistent gegen die Gifte, mit denen man sie bekämpft.
Das sind einige der großen Erfolge der Prä-

ventivmedizin, die allerdings auch dadurch etwas fragwürdig sind, daß eine vollständige Ausrottung ohne größere Folgen für die Umwelt nicht möglich war. Alle diese Erfolge weisen auf die Bedeutung der wissenschaftlichen Kenntnisse hin, die sie ermöglichten. Nicht nur, weil man sich wäscht, ist der Typhus heute nicht mehr so häufig, wie es im gedanklichen Umfeld von Ivan Illichs «Enteignung der Gesundheit» unterstellt wird —, er verschwindet auch und vor allem, weil Charles Nicolle erkannt hatte, daß der Typhuserreger durch Läuse übertragen wird. So vereint gute Vorbeugung immer mehrere besondere Maßnahmen. Noch ist die Präventivmedizin auf den Bereich der Infektionserkrankungen beschränkt.

Kurz nach dem Zweiten Weltkrieg propagierten die Amerikaner den «Check-up», eine systematische Gesundheitskontrolle, bei der die Krankheiten vor ihrem klinischen Auftreten hätten erfaßt werden sollen, also in einem Stadium, in dem die therapeutischen Maßnahmen größte Wirksamkeit versprechen. Diesen Trend nahmen bald auch andere fortschrittliche Nationen auf, wo Prophylaxe-Institute schnell dank der Initiative von einzelnen oder von ganzen Gruppen aufkamen,

oft auch noch von den Regierungen unterstützt.
Die chemische Zusammensetzung von Blut und Harn kann heute durch vollkommen automatisierte Apparate genau ermittelt werden. Man kann im Handumdrehen durch Röntgenstrahlen oder Ultraschall sämtliche Organe ohne Eingriff und mit einer kleinen Fehlermarge überprüfen. Die wichtigsten Kriterien für die Lungen- und Herzfunktion lassen sich in wenigen Minuten ermitteln und interpretieren.
So kann sich jeder, der sich dieser systematischen Gesundheitserfassung unterzieht, durch eine kurze Untersuchung über den Zustand seiner Leber, seiner Nieren und seiner Atmungsorgane, den Herzrhythmus und den Blutdruck, den Harnsäure-, Zucker- und Fettgehalt seines Blutes orientieren.
Viele Ärzte und hohe Beamte des Gesundheitswesens glaubten, eine jährliche Routineuntersuchung könnte die Grundlage für eine individuelle medizinische Vorbeugung darstellen. Doch die Enttäuschung war groß: Diese Praxis ist nur dann nützlich, wenn sie frühzeitig Erkrankungen feststellen kann, die eine wirksame Behandlung rechtfertigen. Diese Wahrscheinlichkeit ist äußerst gering

angesichts des Umfangs des betriebenen medizinischen Aufwands. Ein solches Verfahren dient im besten Fall der Früherkennung und darf nicht mit einer Vorbeugungsmaßnahme verwechselt werden. Sicher ist es richtig, den Blutdruck regelmäßig zu überprüfen oder sich regelmäßig gynäkologisch untersuchen zu lassen, denn ein früherkannter Bluthochdruck oder Gebärmutterkrebs haben zweifellos viel bessere Heilungschancen. Doch es ist unzweckmäßig, den Cholesteringehalt des Blutes systematisch auszugleichen, denn seine Erhöhung führt nicht immer zu Arteriosklerose. Zudem ist es auch offensichtlich, daß selbst eine wirksame Früherkennung entscheidend höhere Kosten verursacht als echte Vorbeugung. So gibt es wohl einige triftige Gründe, diese «Anbetung der Prävention» in Frage zu stellen, oder noch besser, sie gar nicht erst so zu nennen.

Vorbeugungsmaßnahmen bei der Hypertonie

Da doch auffallend viele Versuche sowie klinische, epidemiologische und therapeutische Studien übereinstimmend auf die Schädlichkeit eines übermäßigen Salzkonsums hinweisen, sollte man mit etwas gesundem Verstand als echte Vorbeugungsmaßnahme gegen den Bluthochdruck zu einer Einschränkung des Salzkonsums raten.

Die geographische Erfassung des Bluthochdrucks hat uns gezeigt, daß primitive Völker, die wenig Salz essen, diese Krankheit nicht kennen. Wenn wir nur diese Gewohnheit übernähmen (besser gesagt, wieder einführten), hätten wir womöglich verblüffende Ergebnisse, nämlich daß eine der häufigsten Beschwerden in den Industrieländern ganz einfach weggefegt wäre. Wieviel Leiden könnte man dadurch verhindern! Und wieviel könnte man sparen, wenn der ganze medizinische Aufwand im Zusammenhang mit dieser Krankheit dahinfallen würde!

Wie klug das wäre im Gegensatz zu dem absurden Verhalten, mit dem Hypertonie heute behandelt wird: Man verabreicht belastende, harntreibende Mittel, die die Salzausscheidung beziehungsweise den Ernährungsfehler korrigieren, den man nicht einmal zu ändern versucht!

Doch solche Vorschläge stoßen auf erheblichen Widerstand. Der erste betrifft paradoxerweise das medizinische Machtdenken, das sich manchmal in konservativen Kreisen einstellen kann. Trotz den offiziellen Empfehlungen der Weltgesundheitsorganisation, die vielleicht zu wenig verbreitet sind, zweifeln gewisse Mediziner noch heute an der Schuld des Salzes. Ihre Skepsis beruht auf der erwähnten Beobachtung, daß innerhalb einer Bevölkerungsgruppe kein faßbarer Bezug zwischen dem täglichen Salzverzehr und der Höhe des Blutdrucks zu erkennen ist. Dabei werden die Unterschiede in der individuellen Empfindlichkeit außer acht gelassen. In der Prophylaxe der Hypertonie geht es also in erster Linie nicht etwa darum, die Öffentlichkeit zu überzeugen, wie man meinen könnte, sondern darum, erst einmal alle Ärzte zu überzeugen.

Derart widersprüchliche Situationen sind in der Geschichte der Medizin nicht neu. Man denke nur an die Widerstände gegen die allgemeine Pockenimpfung oder an die Lungenspezialisten, die sich nach dem letzten Weltkrieg auf die Behandlung mit dem künstlichen Pneumothorax versteiften und die Antibiotika ablehnten, oder an die vielen Ärzte, die heute weiterhin gegen Pocken impfen, obwohl die Krankheit besiegt ist und überhaupt nicht mehr vorkommt.

Viel Ausdauer ist nötig, um Verständnis für

eine neue medizinische Haltung zu gewinnen, die man einer ganzen Gemeinschaft anpreist. Die Erfahrung zeigt, daß der Erfolg eintritt, wenn die Ärzte gewissenhaft aufgeklärt werden, denn sie sind grundsätzlich guten Willens und offen; ihre Vorbehalte entsprechen lediglich der allgemeinen konservativen Tendenz des menschlichen Geistes.

Das zweite, sicher heiklere Problem besteht in der Entscheidung, wie stark man den Salzkonsum einschränken sollte: auf 1 bis 2 Gramm in 24 Stunden, das heißt auf das nötige Minimum, um die Verluste zu kompensieren, wie es die Völker mit «niederem Blutdruck» machen? Oder kann man eine leichte Reduzierung ins Auge fassen? Aber um wie viel? Soll man den durchschnittlichen Tagesverbrauch von 29 bis zu 40 Gramm in den meisten Industriestaaten auf 7,5 oder 3 Gramm reduzieren?

Nur genaue epidemiologische Untersuchungen können hier eine befriedigende Antwort liefern. Sicher wären sie möglich, doch sie wären auch mit Schwierigkeiten verbunden. Die untersuchten Völker müssen einigermaßen seßhaft sein, um für Langzeitstudien in Frage zu kommen, die eine mehrjährige Überwachung bedingen; die Versuchspersonen müßten eng mit den mit dem Experiment betrauten Forschern zusammenarbeiten und die vorgeschriebenen Salzmengen genau einhalten. Zudem muß auch das Gesundheitswesen für eine solche Untersuchung gewisse Bedingungen erfüllen. Solche Verhältnisse bestehen in den skandinavischen Ländern, wo bereits heute Studien im Gang sind. Doch es ist schwierig, anderswo in der Welt solch günstige Bedingungen zu finden.

In einigen Ländern Schwarzafrikas sinkt die Kindersterblichkeit allmählich, während die Lebenserwartung steigt. Durch die Medizin, aber auch durch die Übernahme von europäischen Lebenssitten sind dort Erwachsenenkrankheiten wie bei uns aufgetreten. Die Hypertonie ist sehr verbreitet und kennt schlimme Formen. Die schlechten wirtschaftlichen Bedingungen, vor allem das Fehlen von Krankenkassen, verhindern jegliche medikamentöse Behandlung und machen die afrikanischen Ärzte vollkommen machtlos. Als einzige Behandlungsmöglichkeit in den meisten Entwicklungsländern bleibt die Einschränkung des Salzkonsums. Auch dort könnte man versuchen, herauszufinden, welche tägliche Quantität an Speisesalz optimal ist, aber wird man die Bewohner dieser Länder dazu

bewegen können, sich dieser Aufgabe zu unterziehen, bei dem hohen Prozentsatz von Analphabeten?
Die Einschränkung des Salzkonsums scheitert ebenfalls an der Macht der Gewohnheit, die an alten Bräuchen festhält, die vielleicht von einer im Unbewußten noch aktiven Mystik zeugen; sie scheitert aber vor allem an der heutigen Lebensmittelindustrie. «Die Einführung eines gesünderen Lebensstils, vor allem in bezug auf die Ernährung», wie ihn Ivan Illich in «Der schöpferische Streik» vertritt, ist gewiß kein leichtes Unterfangen.
Wieviel Salz man beim Kochen oder beim Essen zu den Speisen gibt, ist unterschiedlich. Wirksame Aufklärungskampagnen im Gesundheitssektor, wie sie in Belgien, Finnland, Schweden und Japan durchgeführt wurden, haben gezeigt, wie leicht eine Beschränkung des individuellen Salzkonsums zu erreichen ist. Die Verwendung von künstlichem Salz kann da gewisse Dienste leisten.
Unser Kochsalz besteht ausschließlich aus Natriumchlorid. Das Natriumion ist für alle physiologischen und pathologischen Wirkungen des Salzes verantwortlich. In Finnland und Schweden wird als Ersatz ein Salz mit 65% Natriumchlorid, 25% Kaliumchlorid

und 10% Magnesiumchlorid angeboten. Die Herabsetzung des Natriums zugunsten des Kaliums ist vorteilhaft, und der Geschmack dieses Salzes entspricht dem üblichen Speisesalz genau.

Das in der Lebensmittelkonservierung systematisch verwendete Salz stellt ein größeres Problem dar und zwar geht es um die Organisation der Landwirtschaft und Nahrungsmittelindustrie.

Das Tiefkühlen kann noch weiter ausgebaut werden, ob die Nahrungsmittelkonservierung ohne Salz auskommt, ist jedoch ungewiß. Die skandinavischen Untersuchungen, die gegenwärtig im Gang sind, zeigen deutlich, daß eine systematische Einschränkung des Salzkonsums den Schlüssel zur Vorbeugung der Hypertonie liefert.

Was über den Erbaspekt der Hypertonie gesagt wurde, legt eine weitere Vorbeugungsmaßnahme nahe, die im Unterschied zu den vorgenannten kollektiven Maßnahmen diejenigen Personen betreffen, die eine Prädisposition zur Hypertonie haben. Diese selektive Vorbeugung verhindert unnötige Beschränkungen für einen großen Teil der Gesellschaft und darf als differenzierte und einleuchtende Maßnahme betrachtet werden, die der Härte

kollektiver Präventivmaßnamen gegenübergestellt werden müßte.
Solche Maßnahmen sollten nur Personen treffen, die eines der Zellmerkmale der Hypertonie haben, wie eine Veränderung des Ionenflusses in den Membranen der roten Blutkörperchen. Die technischen Schwierigkeiten, die die Erfassung macht, erlauben jedoch noch keinen systematischen Einsatz. Zudem müßte man sicher sein können, daß sich politische Kreise nicht im Namen der Genetik ein Recht herausnehmen könnten, ins Gesundheitswesen einzugreifen.
Eine selektive Vorbeugung muß sich heute noch auf die klinische Beobachtung abstützen. Personen aus Familien mit starker Neigung zum Bluthochdruck müssen über die Gefahren dieser Krankheit aufgeklärt werden, über ihren Erbaspekt und die Vorbeugungsmöglichkeiten. Die Ärzte sollten solche Familien auch besonders im Auge behalten, vor allem in den Lebensabschnitten, in denen die Hypertonie auftreten könnte, zum Beispiel während der Schwangerschaft; dann sollte man versuchen, sie für eine salzlose Diät und die Auswahl von möglichst salzarmen Speisen zu gewinnen.
Diese Möglichkeiten stehen bereits zur Ver-

fügung, während wir darauf warten, daß die kollektive Vorbeugung öffentlich geregelt wird und einfachere Erkennungstechniken für die genetischen Anlagen gefunden werden. Es gibt bereits Versuche, die zeigen, daß das möglich ist. Die meisten Familien sind gern bereit, bei der Erforschung einer Krankheit mitzuhelfen, die generationenlang sehr dramatische Folgen hatte, die noch nicht vergessen sind.

VIII

Ordnung und Unordnung

Ein Interpretationsversuch der menschlichen Zwiespältigkeit

Bald werden die Ursachen für den Bluthochdruck im Detail bekannt sein. Schon heute gibt es wirksame, verträgliche Medikamente dagegen; der Mensch kann nun ein Leiden behandeln, das er ungewollt selbst geschaffen hat.

Die Bedrohung durch Salzmangel ist vergessen. Salz spielt in der Staatspolitik keine Rolle mehr. Endlich stellt sich Ordnung nach der Unordnung ein.

Die Geschichte des Salzes ist ein langer Wechsel von Erfolgen und Rückschlägen. Dieses Hin und Her, das auch für viele andere Entwicklungen typisch ist und zum Teil Katastrophen verursachte, zeigt die unwahrscheinliche Zerrissenheit im menschlichen Verhalten. Der Homo sapiens scheint trotz, oder vielleicht gerade wegen seiner Vernunft zum ewigen Zauberlehrling verknurrt zu sein. Er wird womöglich bis zu seiner letzten Niederlage von all den Fehltritten bedrängt werden, die seine Eroberungen mit sich brachten und deren Auswirkungen er nicht kennt. Ist der Mensch nicht «so gemacht, daß er, kaum hat er neue, herrliche Kräfte errungen, mit denen er sein Elend und sein Unglück lindern könnte, diese zu Unrecht verwendet und mißbraucht, so daß er sogar deren Früchte zu verlieren droht oder noch schlimmer, daß sich deren Wirkung gegen ihn wenden kann»? fragt Jean Hamburger.

Das einzigartige Wesen Mensch

Eine extreme Ausprägung des Lebens sind die Bakterien, die aus einer beschränkten Zahl von Molekülen bestehen. Das andere Extrem ist der Mensch, dessen Aufbau eine äußerst komplexe Organisation aufweist. Der Fortschritt geschieht durch das erneuernde und dauernde Hinzukommen von immer leistungsfähigeren Merkmalen. So steht am oberen Ende der Stufenleiter das Verhalten der höheren Lebewesen mit großer Ähnlichkeit zum Menschen, und man kann verstehen, daß dieser als das höchstentwickelte Tier betrachtet wird.

Das Überleben und die Entwicklung jeder Tierart ergibt sich aus dem labilen Gleichgewicht zwischen ihren Bedürfnissen und der Fähigkeit, aus der Umgebung das zu beziehen, was sie benötigt. Die Überlegenheit einer Art zeigt sich oft daran, wie gut sie ihre ökologische Nische ausschöpfen kann. Die Hypothese, der Mensch sei das höchste Tier, erlaubt uns die Annahme, sein ambivalentes Verhalten rühre von der Vereinigung des aus der Vergangenheit ererbten Beuteverhaltens mit seiner Vernunftkraft her, der er seine Spitzenstellung verdankt. Daher wechseln in seinem Tun Niederlagen und Siege ab.

Das häufigste Argument für die These, alle Lebewesen seien in einer direkten Linie organisiert, ist die scheinbare Ähnlichkeit gewisser tierischer und menschlicher Verhalten. Die außergewöhnliche Organisation im Verband von gewissen Insekten legt nahe, daß Spuren von hoher Intelligenz bei Tieren vorhanden sind und daß die menschliche Vernunft die Summe dieser Intelligenzanlagen ist, die im Laufe der Lebensentfaltung vervollkommnet wurde. Im Bienenstock und im Ameisenhaufen ist das Oberhaupt eine Königin, die von kurzlebenden Männchen und von flügellosen Arbeiterinnen umsorgt wird, die sich ganz der Gemeinschaft widmen.

Tierwanderungen erfolgen aufgrund von eindrücklich differenzierten und präzisen Ermittlungssystemen, die absolut mit den Methoden vergleichbar sind, die der moderne Mensch für seine Lebensgestaltung anwendet. Die Zugvögel, die bei Tag und bei Nacht über Tausende von Kilometern fliegen auf der Suche nach einem für die Fortpflanzung günstigen Klima, richten ihre Route nach dem Stand von Sonne und Sternen, wie das der Mensch mittels Sextanten tut. Viele Arten, vor allem Wasserlebewesen, benützen noch ausgeklügeltere Verfahren, die dem Radar ähnlich sind; radioelektrische Wellen, die sich mit Lichtgeschwindigkeit fortbewegen (mit 300 000 km/Sek.), werden auf ein Hindernis gesandt und die Zeit, die für die Rückspiegelung nötig ist, meldet die Distanz.

Eigentlich braucht es nicht solche «perfekte» Beispiele, um sich von der großen Ähnlichkeit zwischen menschlichem und tierischem Verhalten zu überzeugen. Ob man die Putzfische beobachtet, die ihre Artgenossen von Parasiten befreien, die richtenden Korallenfische, die Wölfe oder Adler, die innerhalb ihrer

Verbände Führerrollen haben, oder die aggressiven Gänse, man versteht gleich, daß das «Gute» und das «Schlechte» im Menschen sehr tief in der Welt des Lebendigen überhaupt verwurzelt ist.
Gewisse Ethnologen fanden die Ähnlichkeit so groß, daß die Erkenntnis tierischen Verhaltens für sie zum Leitbild der menschlichen Moral wurde. Dies trifft vor allem auf Konrad Lorenz zu, der in seinem Buch «Das sogenannte Böse» über die Aggression schreibt. «Wer die Tiere wirklich versteht, ist eben dadurch in der Lage, die Einmaligkeit des Menschen zu verstehen.» Man kann alle Lebewesen als eine Einheit verstehen, in der es keine Trennung zwischen Mensch und Tier gibt. Die Kenntnis des einen erklärt das andere, in beiden Richtungen, deshalb kommt Lorenz in der Studie über Sexualverhalten der Wildgänse zum Schluß: «Schließlich sind Gänse auch nur Menschen!»
Diese vereinheitlichende und gestufte Vorstellung des Lebens liefert eine Erklärung für die Gespaltenheit des Menschen: Seine Erfolge (die Ordnung) rühren eigentlich von seiner menschlichen Seite her, und seine Mißerfolge (die Unordnung) von seiner Tiernatur. Eine ähnliche Ansicht finden wir in der

Vorstellung, daß der Mensch unausweichlich dazu verdammt sei, von Trieben und animalischen Wutausbrüchen überwältigt zu werden, die plötzlich die kultivierten (säuberlich geordneten) Leitsätze überfluten und Dramen, Versagen und Fehlleistungen verursachen, die ihm auf seinem abenteuerlichen Weg wie Schatten folgen. Nach den Exzessen der Salzgeschichte scheint heute die Problematik um Erdöl und Atom tatsächlich zu bezeugen, daß eine Schattenseite im Menschen weiterhin als Erinnerung an seine Entwicklung besteht und immer wieder bereit ist, hervorzubrechen. Doch eine solche Theorie, die den Menschen zwar mit den andern tierischen Arten gleichsetzt, ihn als das höchstentwikkelte Tier betrachtet, führt zwangsläufig zum Pessimismus, denn sein ständiger Zickzackkurs — scheint es — ist durch nichts in den Griff zu bekommen.

Es läßt sich wohl behaupten, daß der Mensch seine angestammten biologischen Merkmale beibehalten hat, daß er aber ein einmaliges Wesen im Rahmen der gesamten Tierwelt ist. Aus dieser Interpretation ergibt sich eine ganz andere Erklärung für die Unzulänglichkeiten der menschlichen Leistungen. Sie bietet keine Gewähr, daß Fehlleistungen nicht mehr geschehen, doch im Gegensatz zu den vorangegangenen Überlegungen verleiht sie eine gewisse Zuversicht für die Zukunft. Sie gibt Anlaß zur Hoffnung, daß der Mensch die Tumulte, die er ungewollt ausgelöst hat, je länger je besser meistern lernt, wie es ihm in der Geschichte des Salzes gelungen ist.

Stellen wir uns vor, wie Jacques Ruffié in «De la Biologie à la Culture» vorschlägt, eine seltsame Naturkatastrophe vernichte sämtliche Insekten auf der Welt außer einem Ameisen- und einem Bienenpaar. Schon nach wenigen Monaten können deren Nachkommen, die sich gewaltig vermehrt hätten, neue Gemeinschaften gründen. Das eigenartige daran ist, daß diese Tochterverbände den nicht mehr lebenden Elternverbänden vollkommen ähnlich sehen: Das Matriarchat ist gleich stark, die Arbeiterinnen unterordnen sich ebenso blind der Königin und bauen Gänge, die gleich aussehen wie die ihrer Vorfahren; sie werden für ihre Nahrungsbeschaffung die gleichen Pflanzen suchen, wie die verschwundenen Generationen dies während Jahrtausenden vor ihnen taten. Dieses stets gleichbleibende Verhalten ist durch bestimmte Gene bedingt, die jeder neuen Generation weitergegeben werden. Sehr wichtig ist es zu wissen, daß es bei jedem tierischen Verhalten gleich ist, selbst bei den hochdifferenzierten, die wir weiter vorne mit Bewunderung betrachtet haben.

Das tierische Leben läuft nach präzisen Programmen für jede Art ab, die in ihrem Erbgut seit der Schöpfung angelegt sind: Der Ablauf ist automatisch und wiederholt sich unverändert. Nur Mutationen oder die Zerstörung der Art können sie aufheben. Für den Biologen beginnt Leben erst da, wo ein genetisches Programm errichtet werden konnte.

Jedes tierische Verhalten, wie komplex es auch immer erscheinen mag, ist also eine stark zwanghafte und starre Äußerung, solange das genetische Programm nicht verändert wird.

Die Arbeiterbienen sind durch ihre Gene zu einem Arbeiterdasein verurteilt, doch ihr phantastisches Tun läuft vollkommen automatisch ab. Ebenso sind sich die Zugvögel auf ihren unerhörten Reisen ihrer Leistung nicht bewußt, und die Zikaden hören das Zirpen ihrer Artgenossen und paaren sich. Sie erahnen die Himmelsrichtung und fühlen am Mittag den höchsten Sonnenstand. Das reicht, um ihren Legeplatz zu finden. Sie wissen nichts, sie verstehen nichts.

Der Automatismus widerspricht der Zeitwahrnehmung. Geburt und Tod verlieren dadurch jede Bedeutung auf individueller Ebene. Ein Tier kann keine Todesangst haben, denn es weiß nicht, daß es sterben kann, und da es nicht weiß, daß es lebt, kann es kein Bewußtsein für seinen Körper haben. Wenn der physische Schmerz vorbei ist, weiß eine Zikade, die ein Bein oder einen Flügel verloren hat, nicht, daß andere Zikaden unversehrt geblieben sind. Sie weiß nicht einmal, daß sie früher dieses Bein oder diesen Flügel hatte.

Dieser blinde Automatismus schwächt sich in dem Maß ab, wie ein Wesen in der tierischen Hierarchie aufsteigt. Eine Ratte kann dazu erzogen werden, eine Taste zu bedienen, um sich eine Morphiumspritze verabreichen zu lassen. Eine Katze kann Aggression oder Zufriedenheit ausdrücken, und man weiß, daß sie träumen kann. Ein Hund liebt seinen Meister und jault bei einem Unglück. Ein Schimpanse, der wegen der Anlage seiner Rachenmuskeln nicht sprechen kann, ist fähig, dennoch Bruchstücke eines Kommunikationscodes zu erlernen, Gesten aus der Taubstummensprache oder sich mit farbigen Plättchen auszudrücken, die alle eine spezielle Bedeutung haben. Mit diesem hohen Grad an Verhaltensorganisation nähern sich die hochentwickelten Tiere stark dem Menschen, doch letzterer hat im Universum immer noch eine Stellung, die damit nicht genügend erklärt ist. Die Stärke des Menschen liegt in seinem gewaltigen Gehirn, das wie bei keiner Tierart mit seinen 10 bis 12 Milliarden Neuronen, die je 1000 bis 10 000 Kontakte mit Nachbarneuronen aufzunehmen fähig sind, unerhörte und noch wenig bekannte Möglichkeiten hat. Das Hirn verleiht dem Menschen eine Sonderstellung in der Welt der Lebewesen, und jeder Erklärungsversuch für sein Tun muß natürlich dieser Einmaligkeit Rechnung tragen.

Das menschliche Hirn stammt nicht von dem verhältnismäßig primitiven Hirn seines affenähnlichen Vorgängers, des Australopithecus, ab. Es war ein neues Hirn, das entstand und langsam auf jeder Stufe der Menschwerdung verfeinert wurde, bis es schließlich den ursprünglichen Hirnstamm mit seinen vielen Windungen umschloß. Diese Milliarden zusätzlicher Neuronen ordneten sich so an, daß ihnen nicht nur das Stammhirn unterstellt war, sondern daß auch eine vollkommen neue Fertigkeit auftrat: Die Fähigkeit zu denken.

Dieses Neuhirn liegt zuoberst gleich unter der Schädeldecke; das alte, nun überlagerte

Hirn liegt darunter, tief im Schädelinnern: Der anatomische Aufbau spiegelt die funktionelle Unterordnung und die zeitliche Entwicklung.

Der Umfang dieser Wandlung zum Menschen wird deutlich, wenn man sich überlegt, daß es nur ein einziges Neuron braucht, um Leben zu gewährleisten, zwar einfaches Leben, doch ein geordnetes, wie es in den Hunderttausenden von Weichtieren unseres Planeten erscheint. Die gewaltige Kapazität des menschlichen Hirns bestätigt auch die jüngsten Berechnungen der Neurophysiologie, wonach nur drei Neuronen nötig sind, um einen differenzierten Gedanken auszulösen und zu Ende zu denken. Im Laufe einiger Millionen Jahre hat dieses Hirn mit einer positiven Gemeinschaftsausrichtung, die sich in jeder Epoche der Geschichte verstärkte, dem Menschen zur Herrschaft über sein Universum verholfen.

Das Auftreten des Denkens bedeutet Freiheit; der Mensch ist ein Tier, aber ein wundervolles Tier, eine einmalige Erscheinung unter den Lebewesen — er kann sein Tun selber bestimmen. Sein Zelleben ist noch immer durch die genetischen Programme bestimmt, doch dank seinem Denkvermögen ist sein Leben im

Unterschied zum tierischen nicht mehr ausschließlich einem Programm unterworfen.
Wegen diesen 10 Milliarden Neuronen kann man den Menschen nicht mehr einfach als Extrementwicklung des Lebens anschauen. «Der Mensch ist durch sein Denken göttlich.»
Es ist ebenso unrealistisch, die menschlichen Verhaltens- und Denkmuster vom Tier ableiten zu wollen, wie wenn man aus dem Aufbau der Atome Himmelsgesetze erkennen wollte. Es gibt vielleicht eine gewisse Entsprechung, doch sicher keine Gleichheit.
Die tierischen Beutezüge dürfen nicht unbedingt mit Plünderungen verglichen werden. Die «Ausschweifungen» in der Tierwelt enthalten einen negativen Selektionswert, der mit der Entwicklung des Lebens nicht vereinbar ist. Tierische Sitten werden sehr oft aus der Sicht menschlicher Moral interpretiert; zudem untersuchte man sie hauptsächlich an Haustieren, die durch das Zusammenleben mit Menschen teilweise von dessen Verhalten geprägt sind.
Es ist also fragwürdig, den Todestrieb des Menschen mit Überresten von angeborenem Verhalten gleichzusetzen: Die Behauptung, menschliche Verfehlungen hätten ihre Wurzeln in der tierischen Gewalttätigkeit, ist

nicht stichhaltig. Eine solche Annahme birgt einen doppelten Irrtum in sich, einen biologischen einerseits, denn sie übersieht die Einmaligkeit des Menschen innerhalb aller Lebewesen. Und zudem einen philosophischen und strategischen Irrtum, wie Jean Hamburger sagt, denn es ist nicht «unser Schicksal, uns einer vermeintlichen biologischen Unausweichlichkeit zu beugen, sondern im Gegenteil sie zu bekämpfen. Es ist nicht sicher, ja es ist eher unwahrscheinlich, daß der Mensch diesen Kampf gewinnt. Doch es steht fest, daß seine moralische Abenteuerfahrt keinerlei Chance hat, wenn er sich ergibt, bevor er gekämpft hat. Wenn dieser Kampf nicht stattfindet, verliert unser Dasein seinen eigentlichen Sinn.»

Wenn man annimmt, daß das menschliche Verhalten lediglich auf tierischen Automatismen beruht, gerät man in Verzweiflung und an einen toten Punkt. Wenn man jedoch das einmalige Schicksal des Menschen erkennt, ahnt man eine Erfolgschance.

Da das Verhalten des Menschen durch keinen Automatismus begrenzt ist, kann sein Vorwärtsschreiten nur wechselhaft sein, denn es entspringt zwei oft gegensätzlichen Kräften: den wunderbaren, doch unkontrollierten Trieben einerseits, und andererseits seiner Vernunft, die jede neue Entdeckung mit alten Erfahrungen vergleicht und analysiert.
Durch die Errungenschaft eines außergewöhnlichen Erkenntniswerkzeuges, des Neuhirns, vermag der Mensch vielleicht sein Universum zu verstehen und seine Umgebung immer besser in den Griff zu bekommen, um seiner Art zu einem möglichst umfassenden Wohlergehen zu verhelfen. Erfolge gab es immer, schon sehr früh, sogar vor dem Neolithikum, und dem menschlichen Wissen sind eigentlich keine Grenzen gesetzt. Doch gerade aus dieser außergewöhnlichen Fähigkeit, die im ganzen Bereich des Lebens einmalig ist, entstehen Schwierigkeiten und die Ambivalenz des menschlichen Lebens.
Das Neuhirn arbeitet ununterbrochen und selbständig. Da es keinem Zwang unterliegt und keinem vorgegebenen Programm, kann der Mensch nicht im voraus wissen, was er

künftig entdecken wird, ebensowenig die Richtung, in die ihn seine Entdeckungen führen. Jede Grundlagenforschung stößt also auf gänzlich unvorhersehbare Einsichten, und der wissenschaftliche Geist manifestiert sich nicht so sehr darin, die einzuschlagende Forschungsrichtung vorauszusehen, als im Erkennen der Bedeutung einer neuen, aktuellen Beobachtung. Entdeckung ist also nicht kodifizierbar.

Hinzu kommt eine weitere Schwierigkeit, vielleicht eine noch bedeutsamere, nämlich das Verständnis der wahren Natur des Universums: Je tiefer man in die Kenntnis der Materie eindringt, desto lächerlicher werden die Ansprüche auf eine absolute Kenntnis der organischen Welt, je differenzierter Biochemie und Genetik werden, desto mysteriöser erscheint die Welt des Lebendigen. Wenn man erkennt, daß ein umfassendes Verständnis des Universums unmöglich ist, erübrigt sich der Mythos, der die Wissenschaft zum Schlüssel des Wissens und des menschlichen Glücks erheben wollte. Wissenschaft ist lediglich ein erkenntnisorientiertes Tun des Neuhirns; sie kann kein eigentliches Verhaltensmuster darstellen, das erst der Mensch durch sein vernünftiges Handeln finden kann.

Letztlich stellt sich im Zusammenhang mit dem schöpferischen Geist die Frage, welche Bedeutung einer Entdeckung überhaupt zukommt; es gilt also, die im Universum wahrgenommene Neuigkeit aufs genauste zu interpretieren.

So ist der Mensch durch sein Neuhirn alles und nichts. Er ist alles durch seine Fähigkeit zu verstehen.

«Er ist die Kraft, die am Ende immer Tyrannen und Götter auszugleichen vermag.» Aber er ist auch wenig, denn «sein bewußter Entschluß .. wird im Dunkeln gefaßt, das heißt aufgrund von oft sehr lückenhaftem und falschem Wissen».

Nur der Vergleich mit dem kulturellen Erbe aus Erfahrung, Erschaffenem und den im Laufe der Jahrtausende gesammelten Erkenntnissen erlaubt eine Deutung der wahren Natur und der wirklichen Folgen einer neuen Errungenschaft. Der Aufbau von moralischen Werten, die die ungeordneten Informationen des Neuhirns aufnehmen, berichtigen oder ablehnen, setzt notwendigerweise Kultur voraus. «Der Mensch weiß letztlich, daß er in der unbegrenzten Weite des Universums, das ihn zufällig hervorgebracht hat, allein ist. Auch steht sein Schicksal, seine Aufgabe nirgends geschrieben. Es liegt an ihm, zwischen Glanz und Dunkelheit zu wählen.»

Wenn man die Einmaligkeit des Menschen, die ihm sein riesiges Hirn verleiht, erkennt, hat man die Möglichkeit, den Wechsel von Ordnung und Unordnung zwar nicht zu vermeiden, denn er gehört notgedrungen zum schöpferischen Prozeß und zeigt, wie unerschöpflich das Universum ist, doch immerhin die Unordnung zu vermindern durch die Schaffung einer Moral. Die Kulturgeschichte läuft mit der Menschheitsgeschichte parallel. Wenn die Naturkatastrophe, von der wir weiter oben gesprochen haben, auch die Menschen erfassen würde und nur wenige Paare verstreut auf der Welt überleben würden, dann würden ihre Nachkommen, anders als die Insekten, gleich um Millionen Jahre in der Entwicklung zurückfallen. Sie müßten wieder eine Sprache finden, müßten alle Systeme und Erfindungen, die seit dem *Homo habilis* gefunden und gemacht wurden, um die Umwelt zu beherrschen, neu erarbeiten. Kurz, sie müßten alles neu erlernen, um wieder dahin zu kommen, wo der Mensch heute steht.

Kultur ist die Summe dessen, was alle Menschen machen. «Der Mensch strahlt durch seine Kultur; und durch das, was er zum gemeinsamen Gut beiträgt, wird er nach seinem Tod weiterleben» schreibt Ruffié. Der individuelle Beitrag zu dieser kollektiven Schöpfung gibt jedem Menschen seinen Lebenssinn. Die Automatismen im Tierleben beschränken jedes Individuum auf ein Dasein als Glied einer Kette, das ein zwangsläufiges biologisches Schicksal erfüllt und wohl die Ausführung eines Musters darstellt, das jedoch von keiner Intelligenz geschaffen wurde und auf ein Ziel hinsteuert, das nicht von einem Willen gewählt war. Das Ziel ist die Vorbereitung eines gleichen Programms für die nächste Generation: die Fortpflanzung. Die gleiche Zwanghaftigkeit liegt auch im Menschen, der an den Mustern aller Lebewesen teilhat. Doch ein grundlegender Unterschied macht die Sonderstellung des Menschen in der Tierwelt aus: Jeder Mensch bereichert durch seine Intelligenz das Kulturgut und trägt so potentiell zur Besserstellung der folgenden Generationen bei. Jedes Menschenleben, das mit dem Aufbau einer gemeinsamen Zukunft zu tun hat, geht über die Absurdität seines Todes hinaus.

Werte wie Gerechtigkeit, Wahrheit, Vernunft, auf denen menschliche Moral aufbauen muß, sind nicht Realität, sondern absolute Modelle aufgrund von Irrtümern, die im Bestreben begangen wurden, den Besitz eines zeitlosen Gutes zu erwerben. Die Setzung solcher Werte fordert den Schritt in die Kultur. Jeder Mensch sollte über sein einzigartiges biologisches Schicksal aufgeklärt werden, das ihn im Rahmen der Welt alles Lebendigen frei macht, das aber auch seine Fehler und seine Erfolge bedingt und das die Kenntnis des Erlebten voraussetzt. Jeder Mensch sollte die eigentlichen Abenteuer der Menschheit kennen, die großen Fehler der Vergangenheit, um zukünftige zu verhindern. «Wenn der Schatten schwächer wird und verschwindet, wird das schwindende Licht zum Schatten eines anderen Lichtes.»

Die Geschichte des Salzes ist eine Folge von groben Fehlern und großartigen Triumphen und hat uns Gelegenheit gegeben, die Ambivalenz des menschlichen Handelns neu zu beleuchten. Wir konnten sehen, daß die Errungenschaften der Kultur möglicherweise eine Lösung darstellen. Wir durften auch sehen, daß die Deutung vergangener Erfahrungen nicht ausschließlich anhand der Religionsgeschichte und der Soziologie geschehen darf. Die schulische Aufsplitterung, die in unseren Universitäten dermaßen verbreitet ist, steht einer so komplexen Erscheinung wie dem Wagnis Mensch machtlos gegenüber. Ein Zusammenschluß aller Disziplinen ist nötig. Die Geschichte des Salzes hat erneut gezeigt, wie wichtig in diesem Rahmen die Biologie ist. Es ist zwecklos, das Schicksal des Menschen erfassen zu wollen, wenn man nicht weiß, was er wirklich ist.

Index